雨野六月
illust: 雲屋ゆきお
塩対応だった婚約者が
関係改善をあきらめて 距離をおいたら、
絡んでくるようになりました
2

差し出された手に
そっと指先を重ねて、
踊りの輪の中へと導かれていく。
楽しくて心地よくて、
このまま永遠に踊っていたいほどだった。

ビアトリス
ウォルトン公爵家の令嬢。
嫌われ者の悪役令嬢だったが、
アーネストとの婚約を破棄して
学院生活を謳歌している。
カイン
座学や剣術・馬術にも優れた天才肌。
実は、死んだとされた第一王子で、
辺境伯に引き取られて
学院に編入した。
アーネスト
ビアトリスの元婚約者である第二王子。
学院では誰にでも優しく
人気があったが、
婚約破棄をしたことで謹慎中。

関係改善をあきらめて 距離をおいたら、塩対応だった婚約者が絡んでくるようになりました 2

雨野六月
illust:雲屋ゆきお

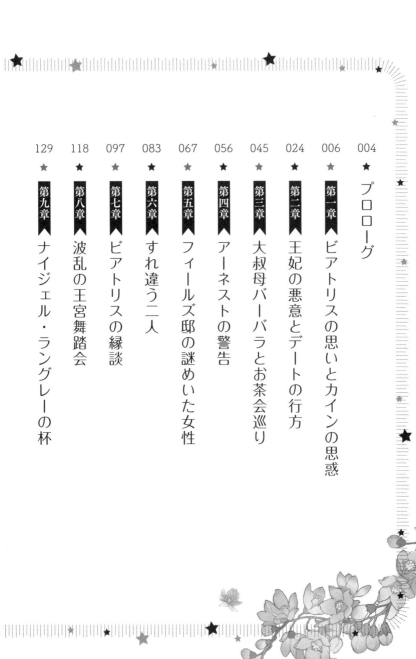

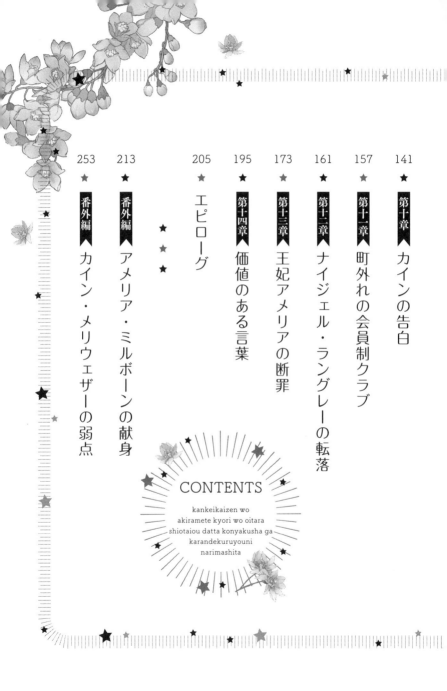

CONTENTS

kankeikaizen wo
akiramete kyori wo oitara
shiotaiou datta konyakusha ga
karandekuruyouni
narimashita

プロローグ

父がアーネストの部屋を訪れたのは、ビアトリス殴打事件による謹慎処分がようやく解ける前日の晩のことだった。

「明日から登校するそうだな」

父は冷たい口調で言った。

謹慎期間中、母は連日のようにアーネストのもとを訪れては、「大丈夫よ。なにも心配いらないわ」「貴方は悪くないんだから」「全てお母さまに任せておきなさい」といった呪文を垂れ流していたが、父が来たのはあの事件以来初めてのことだ。

「一応言っておくが、女性に暴力をふるうなんてみっともない真似は二度とするんじゃないぞ」

「はい」

「お前がこの程度の処分で済んだのは、ビアトリス嬢の寛大な心によるものだ。彼女に感謝して、もう彼女の傍に近づかないようにな」

「はい。分かっております」

「頼むぞアーネスト、これ以上私を失望させないでくれ」

「はい。肝に銘じます」

父はまだ言い足りない様子だったが、アーネストの淡々とした対応に気がそがれたのか、それ以上なにも言わずにそのまま部屋を出て行った。

父が立ち去った扉を見つめながら、アーネストの胸には一つの疑問が浮かんでいた。

果たして父はあの男が学院にいることを知っているのだろうか。

かつて自ら手放した、もう一人の「息子」、クリフォードが。

おそらく、知っているのだろう。

あの晩の出来事については、父のもとにも詳細な報告があげられている。物語の騎士のようにさっそうと舞台に現れて、姫君を助け起こした青年の名が、伝わっていないはずはない。

（……だからといって、どうということもないけどな）

死んだ人間はよみがえらない。

たとえ父が、己の選択をどれほど後悔していようとも。

第一章　ビアトリスの思いとカインの思惑

公爵令嬢ビアトリス・ウォルトンは長年自分をないがしろにしてきた王太子アーネストとの婚約解消を求めたが、アーネスト本人から拒まれたうえ、正攻法のやり方もことごとく彼の手によってつぶされた。そこでビアトリスはカイン・メリウェザーの協力も得て、創立祭パーティのただ中であえてアーネストを挑発し、衆目の中でビアトリスを殴打させることによって、ついに彼との婚約を解消することに成功した。

あれから一か月。ビアトリスの学院生活はまずまず順調と言って良かった。他の生徒たちから聞こえよがしに悪口を言われることもなくなったし、逆に同情めかしてあれこれ詮索する輩も最近はめっきり少なくなった。一般生徒と同じように気の合う友人たちとのお喋りを楽しみ、課題について話し合い、週末には一緒に出かける気楽な日々。

もっとも今週末の外出は、マーガレットの都合で取りやめとなった。なんでも彼女の婚約者であるジェイムズ・ニコルソンが久しぶりに王都に来るので、二人で出かけることになったとのこと。

「本当にごめんなさいね、二人とも」

教室移動のために連れ立って歩きながら、恐縮しきりのマーガレットに、ビアトリスは「いいわよ、植物園は逃げないもの」と笑って見せた。

「それに珍しい南国の花が来週ちょうど見ごろを迎えるそうだから、かえって良かったかもしれないわ」

「そうよ。今週末に行くよりそっちの方が楽しいわよ。だからマーガレットは気にせずデートを楽しんで、あとで内容を聞かせてね」

シャーロットも同調する。

「それにしてもマーガレットに会うためにわざわざ王都においでになるなんて、ニコルソンさまは本当にマーガレットを愛してらっしゃるのね」

「ええ、ちょっと羨ましいくらいよね」

「あら、シャーロットだってこの前オランドさまから、素敵なペンダントをいただいたって喜んでいたくせに。それにビアトリス、貴方の方はどうなのよ」

「どうと言われても」

ビアトリスの八年にわたる婚約は、一か月前に正式に解消されたばかりである。

彼女にしては随分デリケートな話題に触れてくるものだととまどっていると、マーガレットは「あ、違うわよ」と慌てて首を横に振って見せた。

「殿下のことじゃなくて、メリウェザーさまのことよ」

「ああ、それは私も気になっていたわ。ビアトリスとメリウェザーさまって、今どうなってるの？」

「別に、今まで通り親しくさせていただいているわよ？」

カイン・メリウェザー。辺境伯令息にしてかつての第一王子クリフォードでもある彼は、ビアトリスを灰色の日々から救い出してくれた恩人だ。彼の一言をきっかけにして、ビアトリスはアーネストの顔色をうかがうのをやめて、自分なりに学院生活を楽しむことができるようになった。アーネストの仕打ちに心が折れそうになったビアトリスを励まし、婚約解消できるように協力してくれたのも他ならぬカイン・メリウェザーである。

そのカインとはあの後も毎朝のようにあずまやで会って、他愛もないお喋りを楽しんでいる。

「お友達として？」

「ええ、お友達として」

「婚約のお申し込みはまだないの？」

「もちろんないわよ。そんな風に考えるのは、カインさまに失礼よ」

ビアトリスが顔を赤くして抗議すると、二人はなんともいえない表情で互いに顔を見合わせた。

「あの方って、意外と奥手なのかしら」

「ビアトリスに合わせているのかもよ？」

「それはあるかもしれないわね」

「しばらくは温かく見守るしかないということかしら」

「もう二人とも、変なことを言わないで。それより少し急ぎましょう。モートン先生は一秒でも遅れると欠席扱いなんでしょう？」

「ええそうよ、お兄さまはそれで去年危うく留年しかけるところだったんだもの」

「あの先生、自分はしょっちゅう遅れてくるくせに、生徒の遅刻は絶対許さないんだから横暴よねぇ」

マーガレットとシャーロットが、口々に教師への不満を言い立てる。

話題が変わったことに、ビアトリスはひそかに安堵の息をついた。


実を言えば、ビアトリスとて、カインのことを意識していないわけではなかった。彼のもの言いたげな眼差しや、慈しむような言動に、思わず顔が火照るのを感じたのは、けして一度や二度ではない。しかし「そういうこと」を考えそうになるたびに、慌てて思考に蓋をして、深く掘り下げることをひたすらに避けていたのである。

もし勘違いだったら恥ずかしいし、勝手にあれこれ邪推するのはカインに対して失礼だし、もしかしたら故郷に相手がいるのかもしれないし、それに自分は――

渡り廊下に差し掛かったとき、視界の隅に見慣れた金髪が映って、ビアトリスは思わず息をのんだ。

（アーネスト殿下）

かつての婚約者、アーネスト王太子殿下が中庭の噴水のふちに腰かけている。謹慎期間が明けて、数日前から登校しているのは聞いていたが、こうして直接目にするのは初めてのことだ。未来の国王だけあって、聞こえよがしに陰口を叩かれることはさすがにないが、完全に腫れもの扱いで、周囲から遠巻きにされているらしい。

いつも大勢の生徒たちに囲まれていたアーネストは、今は一人で静かに本を読んでいる。

——それに自分は、誰かとそういう関係になることが、まだ少し怖いのかもしれない。

アーネストと婚約している間中、彼に散々傷つけられた。

そしてビアトリスの方もまた、アーネストを深く傷つけた。

もうあんな思いは二度と経験したくない。

カイン・メリウェザーはアーネストとは全く別の人間だと、彼と同じ状況に陥る可能性は低いだろうと、頭では理解しているのだが——

（……やめましょう。カインさまに申し込まれたわけでもないのに、勝手にこんなことを考えるなんて自意識過剰もいいところだわ）

「ビアトリス、ほら急がないと遅れるわよ」

友人の呼ぶ声がする。

「ごめんなさい」

ビアトリスは止まりかけていた足を慌てて動かした。

ところがその日の放課後、ビアトリスは否が応でも「そういうこと」を意識せざるを得ない状況に追い込まれた。

それはマーガレットたちと別れの挨拶を交わしてから、ふと思いついて付属図書館に立ち寄ったときのこと。面白そうな本を借り出して、ほくほく顔で図書館を出たビアトリスは、分厚い書物を何冊も抱えたカイン・メリウェザーと出くわした。

「まあ、カインさまも本を借りていらしたんですの？」

「ああ、実家から送ってきたのをあらかた読み終えてしまったんで、なにか暇つぶしになりそうなものはないかと思ってな」

それから二人で馬車置き場まで歩きながら、借りた本のことなどを話し合っているうちに、とある古典文学の話になった。

その作品をどう思うか問われたビアトリスが「あの話は大好きで、なんども読み返していますのよ」と答えると、カインは「それじゃ、あの作品を現代風にアレンジした芝居が、今王都で上演中なのを知っているか？」と訊いてきた。

「まあ、それは初めて聞きましたわ。現代風のアレンジってなんだか面白そうですわね」

「ああ。実際なかなかの評判らしいよ。それで今週末に千秋楽を迎えるんだが……良かったら一緒に行かないか？」

「え」

「いや、実はあの芝居はうちの親族が後援してて、一度見に来て感想を教えてほしいって前から頼まれてたんだよ。それで良かったら君も一緒にどうかと思ってな。……いやもちろん予定が空いていればの話だが」

「えっと、空いてます。その日はマーガレットたちとの約束も入っていませんし、ぜひご一緒させてくださいな」

ビアトリスが咄嗟にそう答えると、カインは「良かった」と破顔した。

その屈託のない笑みに、ビアトリスはどきりと心臓が跳ねるのを感じた。

カインと別れて公爵家の馬車に乗り込んでからも、ビアトリスはなかなか動悸が収まらなかった。

カインとは数人のグループで一緒に出かけたことはあるが、二人きりというのはこれが初めてだ。

（どうしましょう）

熱い頬に手を当てながら、ビアトリスは自問した。

（どうしましょう、これじゃまるで……まるでデートみたいだわ！）

言うまでもないことだが、仮にデートだとしても、倫理的にはなんの問題もありはしない。かつての自分ならいざ知らず、今のビアトリスは正式なパートナーを持たない身の上だし、カインにしても同様だ。いやカインに直接婚約者の有無を確認したことはないのだが、彼の性格からいっても、婚約者がいるのにビアトリスを誘うようなことはしないだろう。

　そう、倫理的な問題はない。

　それにきっとカインと一緒に芝居を見るのは楽しいだろう。同じ作品を味わっても、彼はいつもはっとするような鋭い見方を示してくれる。それでいてビアトリスの他愛ない意見にも楽しげに耳を傾けてくれる聞き上手だ。エスコートもスマートにこなすのだろうし、それはもう充実した週末を過ごせるに違いない。

　しかし、である。

（デートの最中に「そういう雰囲気」になって、カインさまから交際を申し込まれたらどうしましょう）

　悩ましいのはそこだった。

　こんなことで悩むなんて図々しいにもほどがある、おそらくカインは単なる友人として誘ってくれただけなのに、なにを舞い上がっているのだろう――とは思うのだが、それでも「もし申し込まれたら？」と考えてしまうのを抑えられない。その可能性が皆無とはいえない以上、一応心の準備だけはしておいた方がいいだろう。

　備えあれば憂いなし。いざその場になってあたふたするよりは、どう答えるべきかあらかじめ考えておくのはけして悪いことではない。

（だけど、それが問題なのよね……）

どう答えるべきか。イエスかノーか。自分はカイン・メリウェザーの婚約者になることを、望んでいるのかいないのか。

カインのことが好きか嫌いかと問われれば、もちろん好きだと断言できる。

そういう意味で好きかと問われれば、そういう意味で好きなのだと思う。

しかし婚約したいかと問われれば、頭が真っ白になってしまう。

カインとそういう関係になるのは嫌ではない。嫌ではないがもう少しだけ待ってほしいというのがビアトリス・ウォルトンの本音である。

とはいえ申し込まれて「待ってほしい」と答えるのは、いくらなんでも不誠実に過ぎるだろうか。傍目にはまるで彼をキープしようとしているように見えるかもしれない。

カインが怒って「それならいい」と背を向けてしまったらどうしよう。ならばいっそ覚悟を決めて、申し込みを受けてしまった方がいいのではないか。

（そうね。もういい加減に覚悟を決めるべきなのかもしれないわ……）

などと決意したところで、カインの方にその気がなければ、実にばかばかしい限りだが。

ぐるぐると思い悩みながら自宅について、着替えを済ませ、お茶を何杯もお代わりしたり、クッションをぽかぽか叩いたり、陶器の猫を撫でまわしたりしていると、ふいにノックの音が室内に響いた。続いて老執事の声がする。

「お嬢さま、旦那さまがお呼びです。すぐに執務室においでになるようにとのことでした」

「執務室に？　一体なんのご用事かしら」

あの事件以来、父はずっとタウンハウスに滞在しており、何かにつけてビアトリスと会話の機会を設けている。これまで親子間で話し合いが足りていなかったことを、気にしてくれているらしい。

とはいえ執務室に呼び出すからには、単なる親子の語らいなどではないだろう。

「詳しいことは存じませんが、王家のことでお嬢さまにお話があるとうかがっております」

「分かったわ、すぐに行くわね」

ビアトリスは陶器の猫を棚に戻して立ち上がった。

王家とは婚約解消以来、直接の接触はなかったが、なにか動きがあったのだろうか。今さら例の件を蒸し返すようなことは、さすがにないと思いたいが。

不安な気持ちで執務室に入ると、父は「ああ、来たか」と手元の書類から顔を上げた。

「先ほどお前宛てに王妃さまから招待状が届いた」

「王妃さまから、ですか」

「ああ。二人でお茶会をしたいんだそうだ」

父はそう言って、王家の紋章が刻印された一通の封筒を差し出した。ビアトリスはその場で中身を確認し、記された日付に目を見張った。

「この日は」

「なにかあるのか？」

「……いえ、なんでもありません」

ビアトリスは気が抜けたような思いで首を横に振った。

※　※　※

カイン・メリウェザーは十七歳にして人生における重大な岐路に立たされていた。すなわち意中の女性にいつどのようにして、婚約を申し込むべきか。

そもそもの出会いは、八年前にさかのぼる。王宮庭園の森で見かけた美しい少女に、カインは一目で心を奪われた。

もっとも当時の思いは恋愛感情というよりは、偶像に対する憧れに近かったようにも思われる。けして手の届かない場所で輝く、美しく純粋な存在、ビアトリス・ウォルトン。

ところが学院で彼女と再会し、友人として付き合っていくうちに、カインは半ば神格化していたビアトリスが、生身の女性であることを知った。生真面目で、お人好しで、どこかずれているところもあったが、全てにおいて一生懸命な愛らしい女性。

知れば知るほど惹かれていき、気が付けば今度こそ本物の恋に落ちていたのである。

当初はアーネストの存在が枷《かせ》になっていたものの、婚約は先日めでたく解消されたし、もはや何の障害もない、はずだった。


「え、お前まだ申し込んでないの？」

友人のチャールズ・フェラーズが呆れたように問いかけた。彼とはビアトリスの伝言がきっかけで話すようになり、以来なんとなく付き合いが続いている。ビアトリスの友人であるマーガレットの兄に当たり、時おりビアトリスに関する貴重な情報を提供してくれる得難い存在でもあった。

「ああ」

「なんでだよ。婚約が解消されたらすぐ申し込むって言ってなかったっけ」

「そのつもりだったんだけどな」

「もしかして王家に目を付けられそうだから、家の人間が反対してるとか？」

「まさか。うちの連中は王家の鼻を明かしてやれるなら、むしろ大喜びで協力するよ」

「それもどうかと思うけどな……。それじゃもしかして、故郷に残してきた女がいるとか」

「そんなものいるわけがないだろう」

自慢ではないが、九つのころからカインはビアトリス一筋だ。

「じゃあ一体なんなんだよ」

「だから、色々あるんだよ」

「ふうん、まあどうでもいいけど、まごまごしていると他の奴にかっさらわれるかもしれないぞ」

「言わないでくれ……」

チャールズが言っている通り、カインはビアトリスの婚約が解消されたら、すぐにも申し込むつもりだった。それなのに予定変更を余儀なくされたのは、あの創立祭の夜、泣きじゃくる彼女を見たからである。


――カインさま……私、アーネストさまの笑顔が好きだったんです。あのころの優しいアーネストさまのことが、本当に、大好きだったんです……。


あのときビアトリスはようやくアーネストを過去の存在として決別することができたのだと思う。とはいえあれほど長い間引きずってきた初恋だ。すぐに割り切って新たな恋を始める気になれるかどうか。

下手にことを急いで、もし断られたらと考えると、なかなか一歩が踏み出せない。とはいえチャールズの言う通り、その間に他の誰かにさらわれでもしたら、後悔してもしきれない。

(確かに、いい加減覚悟を決めるべきだよな)

いつまでも現状に甘んじて、人畜無害な「お友達」を続けていても仕方がない。とにかく先に進むべきだ。

とはいえあずまやでいきなり告白するのは、あまりに雰囲気がなさすぎるし、ビアトリスを吃《びっ》驚《くり》させるだけだろう。まずは普段と違うことをして、多少なりとも意識してもらってから、というのが無難な選択ではないか。

(普段と違うこと……二人きりで外出するとか？)

ビアトリスと一緒に出かけたことは何度かあるが、いつもマーガレットたちが同行しており、二人きりで外出したことは未だない。二人で行こうと誘ったら、彼女はどんな反応を見せるだろう。

(そういえば、うちの親族が後援している芝居がなかなか評判良かったな)

その親族は後援した芝居が初めて当たったと鼻高々で、ぜひカインにも一度見て感想を聞かせてほしいと言っている。題材からしてビアトリスの好みではあるし、一緒に行こうと誘ってみたらどうだろう。

彼女の週末はたいていマーガレットたちと出かける予定で埋まっているが、今回はマーガレットの事情でそれが中止になったと、ビアトリス本人から聞いている。まさに絶好の機会と言うべきだ。二人で一緒に芝居を楽しみ、雰囲気の良いカフェでお茶を飲んで、それから――

そう決意を固めた日の放課後、カインは運よく当のビアトリスと遭遇し、そのとき読んでいる本の話題から、実にスムーズに芝居見物に誘うことに成功した。

これは大変幸先がいい。

（デートの約束は取り付けたし、あとはどんな風に、どんな言葉でビアトリスに申し込むかだな）

断られることはないと思う。思いたい。

ところがその翌朝になって、事態は急変した。


「すみません。お芝居を見る予定の日に、王妃さまとのお茶会が入ってしまいました」

ビアトリスは猫のオレンジを撫でながら、いかにも申し訳なさそうに言った。オレンジは最近すっかりビアトリスに懐いてしまい、カインよりもビアトリスの膝がお気に入りだ。

「あの女とお茶会？　二人きりでか？」

「はい。昨日招待状が届きまして。なんでもアーネスト殿下の件について、正式に謝罪したいのだそうです」

「……あの女がそんな殊勝なことを考えるわけがない」

「そうですよね」

ビアトリスは力なく笑って見せた。

「私も気が進まないんですが、まさかお断りするわけにもいきませんから」

「あれは毒蛇みたいな女だ。もしなにかあったら、一人で抱え込まずに相談してくれ」

「すみません。カインさまには心配していただいてばかりですね」

「遠慮しないでくれ。俺たちは……友達だろう？」

「はい。ありがとうございます」

綺麗な笑顔を浮かべるビアトリスに、カインは内心そっとため息をついた。

視線を落とすと、オレンジがカインの気など知らぬげに、気持ちよさそうにぐるぐると喉を鳴らしている。

「そいつは最近君に撫でられる方が好きみたいだな」

「ふふ、最近になってオレンジの喜ぶ撫で方がなんとなく分かってきましたの。でもじゃらすのはカインさまの方がお上手ですよね。私がやってもカインさまのときほど夢中になってくれない気がします」

「ああ、あれは動きに変化をつけて、獲物っぽく見せるのがこつなんだ」

「なるほど、変化をつけて、獲物っぽくですね」

真面目にうなずいている表情が、なんだかとても可愛らしい。

いっそデートなどという段階を踏まずに、この場で告白してしまおうか。カインの頭にそんな考えが浮かんだが、王妃とのお茶会を前にして不安な状況にあるビアトリスに、自分の気持ちを押し付けるのはあまりに身勝手な振る舞いだろう。

申し込むのは王妃の件が片付いてからにするべきだ。

「ところで、そろそろ教室に行く時間じゃないのか」

「そうなんですけど、オレンジが……」

膝の上で丸まっているオレンジに、立ち上がりかねているらしい。

「いや、普通にどかせばいいだろう」

カインがひょいと抱き上げると、ビアトリスは「あ……」と一瞬名残惜しそうな顔をしたものの、すぐに制服を払って立ち上がった。

「それじゃ、カインさま」

「ああ、また明日」

淑女に許されるぎりぎりの速足で校舎に向かうビアトリスを、カインは苦笑と共に見送った。

そしてオレンジを地面に降ろしながら、「まあいいか。嫌われてないのは確かだし」と独りごちた。

とりあえず都合が合えばデートを受けてくれることははっきりした。それが分かっただけでも成果はあったというべきだ。

今週末は王妃の邪魔が入ったが、また日を改めて誘えばいいだけの話である。

「なあオレンジ、お前もそう思うだろう？」

カインが話しかけると、オレンジは同意するようににゃあぁんと鳴いた。

第二章　王妃の悪意とデートの行方

「ああ、それにしても残念だわ。貴方たちは上手くいっているとばかり思っていたのに、こんなことになるなんて」

花の香が立ち込める温室の中、アメリア王妃はいかにも悲しげに首を横に振って見せた。

「あの子もね、王宮ではそりゃあ色々とあるのよ。だからきっと身近な貴方に甘えてしまったのね。本当にごめんなさいね、ビアトリスさん」

「いえこちらこそ、私の力が及ばず、殿下をお支えすることができなくて申し訳ありませんでした」

ビアトリスは当たり障りのない返答をして、出された紅茶に口を付けた。アメリア王妃の好む南方産の紅茶は、少し癖が強すぎて、ビアトリスはあまり好みではない。

「そうね。貴方たちは二人とも若いから、きっとお互いにいたらないところがあって、行き違ってしまったんでしょうねえ」

王妃はしみじみと言ってから、「だけど貴方たちはあんなに仲が良かったんだもの、もともとの相性は悪くなかったと思うのよ」と言葉を続け、幼い二人がどれだけ睦まじかったか、自分や国王がどれだけそれを微笑ましく思っていたかについて、ひとしきり熱弁をふるった。

　そしてテーブルの上に置かれたビアトリスの右手を両手でそっと包み込んで、訴えるように切り出した。

「ねえビアトリスさん、少しこじれたからって全てを終わりにしてしまうのは、あまりにももったいないと思うのよ。未熟な二人で、今からでもやり直してみるというのも一つの選択肢じゃかしら」

「アーネスト殿下と復縁を、とおっしゃるのですか」

「ええ。あんな風に大騒ぎして婚約解消をしておいて、今さら元に戻るなんていかにもきまりが悪いかもしれないけれど、若い人たちのすることだもの。みんな笑って許してくれるわ。――それともアーネストのしたことは、貴方にとってどうしても許せないことなのかしら」

「とんでもありません。私の方こそ、こんなことになって申し訳ないと思っています。ですが私とアーネスト殿下の関係は、すでに終わってしまったのです」

　ビアトリスは静かな口調で言った。

　アーネスト本人の思いはともかくとして、アメリア王妃が復縁を希望するであろうことは、半ば予期したことだった。

　アーネストに新たに条件の良い相手を見つけるのは骨が折れるし、またアーネストの評判を復活させるのに一番手っ取り早いのは、「被害者」であるビアトリスが彼との復縁に応じ、人前で仲睦まじい婚約者として振る舞ってみせることに違いない。

とはいえビアトリスがそれに応じることは不可能だ。

「今後も臣下としてお仕えするつもりではありますが、婚約者として共にあることは、二度とないことと存じます」

「そう……」

二人の間に沈黙が下りる。

温室の中はむっとするほど温かく、花の香がきつくてむせるようだ。

ややあって、アメリア王妃が再び口を開いた。

「……なら仕方ないわね」

アメリア王妃は意外なほどあっさりと引き下がると、にこやかに微笑みかけた。

「ねえ、それならせめて、私に償いをさせてもらえないかしら」

「いえそんな、王妃さまに償っていただくことなどありません」

「じゃあ埋め合わせ、と言い換えてもいいけれど。ねえビアトリスさん、理由はどうあれ、貴方は王家との婚約を解消したのだもの。言ってみれば傷物になってしまったわけでしょう？　まともな殿方なら結婚相手にと望むことなんてあり得ないわね？　だから私が責任をもって、貴方に次のお相手を紹介してあげようと思うのよ」

この人はなにを言っているのか。一瞬頭が真っ白になりかけたビアトリスは、慌てて「いえ、そんなことで王妃さまのお手をわずらわせるわけにはまいりません」と拒絶した。

「あら、どうか遠慮しないでちょうだいな。これは私にとってはほんの罪滅ぼしなのだし、貴方のことは本当の娘のように思っているのだから。ね？　全部私に任せてちょうだい。けして悪いようにはしないから」

「申し訳ありません。王妃さまのお心遣いには感謝しますが、今はまだそんな気持ちにはなれないのです」

「そんなことを言っていては、いき遅れてしまうわよ？　それとも」

王妃は身を乗り出すと、ビアトリスの目を覗き込んだ。

「もしかして、もう決まったお相手がいるのかしら」

一瞬、赤い髪と瞳の青年の姿がビアトリスの胸に浮かんだ。

毎朝のようにあずまやで会い、先日は二人で出かけようと誘ってくれた特別な人。


――それで今週末に千秋楽を迎えるんだが……良かったら一緒に行かないか？


「いいえ」

ビアトリスは口ごもりそうになりながらも、なんとか平静な声で返答した。

「本当かしら。そういえば、ちょっと小耳に挟んだのだけれど、学院ではカイン・メリウェザーととても仲良くしているようね」

王妃の声音はあくまで優しく天鵞絨《ビロード》のように柔らかいが、ビアトリスを見つめる緑の瞳は奇妙にぎらぎらと輝いている。毒蛇のような女、というカインの言葉は確かに言い得て妙かもしれない。

「はい。彼とは良い友人です」

「彼の素性については、もちろん聞いているんでしょう?」

「はい」

「第一王子、だと言ったんでしょう」

「……はい」

「それは、嘘よ」

ビアトリスが思わず目を見開くと、アメリアは挑発するように言葉を続けた。

「彼は王子なんかじゃないわ。護衛騎士の子よ。ねえ、私が髪の色だけでこんな風に言っているなんて思わないでちょうだいね。ちゃんと侍女の証言もあるし、他にも色々とね。だから陛下もアーネストを王太子にお選びになったのよ。それなのに彼はそれを逆恨みして、アーネストに悪意を持っているの。そもそも彼が貴方に近づいたのだって、アーネストに対する陰湿な嫌がらせのためなのよ」

「王妃さま。私の大切な友人を侮辱なさるのはおやめください」

ビアトリスは固い口調で言うと、己の右手をアメリアの手からするりと引き抜いた。自分はともかく、カインを中傷する言葉はたとえ彼女相手でも容認できない。

彼が王の子かどうかについてはビアトリスの与《あずか》り知るところではない。しかしカインが妙な下心を持っていたかどうかはビアトリス自身が知っている。

「あらあら怒らせてしまったかしら。確かにいきなりこんなことを言われたら、ムッとするのも仕方ないかもしれないわねえ。でもこれは貴方のためを思って言っているのだから、どうか落ち着いて、意固地にならないでちょうだいな。私はあんな下賤な男よりも、ずっとふさわしい方を貴方にご紹介できるのよ？　ね、お願いビアトリスさん、私のたってのお願いよ」

王妃の態度はまるで、今なら許してあげるから、こちらに帰っていらっしゃい、と諭す母親のようだった。帰ってこなければ、とても恐ろしいことが起きるわよ？　と。

これはおそらくビアトリスに対する最後通牒《つうちょう》なのだろう。

ビアトリスは顔を上げ、アメリア王妃の目を正面から見つめた。

「申し訳ありませんが、ご遠慮いたします」

「そう、分かったわ。……残念だわ。ビアトリスさん」

アメリア王妃は囁くように繰り返した。

「本当に、とても残念だわ。私は貴方のことが好きだったのに」

帰宅したビアトリスは、さっそく父に今日のやり取りを報告した。

王妃からアーネストとの復縁を迫られたこと。ビアトリスが断ると、今度は新たな相手を用意すると言われたこと。それも断ると、なにやら脅しめいた科白《せりふ》を吐かれたこと。

「私がお断りしたことについて、大層ご立腹のご様子でした。今後王家からなにか嫌がらせのような真似をされるかもしれません」

ビアトリスの訴えに対し、父は「あの方がそこまでするだろうか」と困惑したように首をかしげた。

「それは確かに、親切で申し出たことを拒絶されたら、良い気分はしないだろうが……」

「いえ、そもそも申し出自体、ただの親切ではないと思います。はっきりしたことは分かりませんが、なにか裏の思惑がおありだったのではないかと」

「裏の思惑か……お前の考えすぎということはないか？」

「いいえ。あの方には王妃教育のときにも色々ときついことを言われましたし、なんというか、かなり意地の悪いところのある方です。殿下との婚約を解消した私に対して、今さら親切心を発揮なさるとは思えません。お父さまには信じられないかもしれませんが――」

ビアトリスは懸命に言葉を紡ぎながら、言いようのないもどかしさを覚えていた。

父とアメリア王妃の付き合いは、若いころの社交界における表面的な交流と、娘の婚約成立当時の挨拶程度にとどまっている。ゆえに社交界で「完璧な淑女」「良妻賢母」と謳われるアメリア王妃に対して一種の幻想があるのだろう。

しかしビアトリスが具体的な例を挙げつつ王妃の人となりを懸命に説明したところ、父は最終的にはビアトリスの懸念を受け入れてくれたようだった。

「分かった。お前がそこまで言うなら、そうなんだろうな。私はあの方とはさして親しいわけではないし、お前の方があの方についてはよく理解しているんだろう」

父は優しい声音で言葉を続けた。

「とにかくお前が不安を感じているのなら、それをないがしろにするつもりはない。いざというとき力になってくれそうな親族に声をかけておくから安心しなさい」

「はい。ありがとうございます」

頼もしい父の言葉に、思わず目頭が熱くなる。

今回はアーネストのときとは状況が違う。父がきちんと自分の話を受け止めてくれていることに、ビアトリスは心から感謝した。


翌朝になって、カインにも昨日のやり取りを伝えたところ、こちらはさすがに王妃と因縁の仲だけあって、打てば響くような反応を得ることができた。

「君に縁談か。いかにもあの女が考え付きそうなことだな」

カインは忌々しげに吐き捨てた。

「アーネスト殿下との復縁を申し出られるのは予想していましたが、私に新たな縁談を、というのは予想外だったので驚きました。王妃さまは何を考えておられるのでしょう。カインさまにはお分かりになりますか？」

「おそらく一番の目的は、王家にとっては『逃した魚』であるビアトリス・ウォルトンの価値を貶めることだろうな」

「私の価値を?」

「ああ。君が相応の相手に嫁いで、社交界でもてはやされるようにでもなれば、王家にとっては非常に目障りな存在になる。だから一見条件は良さそうでも、内実は何か問題がある相手、例えば家格は高くても裏で借金を抱えていたり、女癖が悪かったり、とにかくそういう男を素知らぬふりで紹介して、君に不幸な結婚をさせるつもりだったんだろう」

「なるほど、あの提案には、そんな意図があったんですね」

言われてみれば、確かにありそうな話である。ビアトリスの見たところ、アメリア王妃は「王家の権威」を非常に重視している人だった。ビアトリスが惨めな境遇に落ちぶれて「王家との婚約を解消したせいで、今はあんな悲惨なことになっているよ」と物笑いの種にでもなってくれれば、いい見せしめになるのだろう。

「ついでに相手の男が、あの女がコントロールできる人間なら、そいつを通じて君を支配下におけるから申し分ない」

「王妃さまがコントロールできる人間、ですか」

「あの女には昔から取り巻きが大勢いるから、その中から適当なのを見繕って君にあてがうつもりだったんじゃないかな」

アメリア王妃の実家であるミルボーン侯爵家は古くから王家に仕える忠臣で、中央貴族の間に濃密な人間関係を築いている。有力家系はそのほとんどが侯爵家と何らかのつながりがあり、アメリア自身も日ごろからお茶会のなんのと人脈作りに余念がない。

その伝手をたどれば、王妃の求める条件にあった独身男性をビアトリスにあてがうことは、そう難しいことでもないのだろう。

「付け加えると、筆頭公爵家たるウォルトンがメリウェザーとつながりを持つのを警戒しているのも大きいだろうな。つまり君が俺に……」

言いかけて、カインは何やら口ごもった。

その続きは聞かなくても、ビアトリスにもなんとなく分かるような気がした。

王妃はビアトリス・ウォルトンがカイン・メリウェザーに嫁ぐことを警戒している——つまり、そういうことだろう。

「こ、困りますよね！　みんな勝手に変な想像をして」

「……いや、俺は別に困らないが」

「あ、いえ、私も困るというのは別に嫌だという意味ではなく、むしろ」

ビアトリスはそこで言葉に詰まった。

二人の間に妙な沈黙が下りる。おそらく今自分の顔は真っ赤だろう。カインの顔もなにやら赤くなっているように思われる。

「……まあなんにせよ、その場で断ったのは正解だよ」

カインは軽く咳払いして、話を本筋に引き戻した。

「今まであの女の逆鱗に触れて社交界から追放されたり、実家が立ち行かなくなったりした例もあるようだが、いくらなんでもウォルトン公爵家を相手にそれができるとは考えられないしな。嫌がらせを受けるとしたら、真正面からというより裏から手を回す形になるだろう」

「父もそう言っていました。『仮になんらかの嫌がらせめいたことをされたとしても、それは私が対処しよう。お前はまだ学生なのだから、全て大人に任せておきなさい』と」

「そうか。良かったな、ビアトリス」

「はい」

カインの言葉にビアトリスは笑顔でうなずいた。

かつてビアトリスはのっぴきならない事態に陥るまで、父に何も伝えることなく、一人で抱え込んでいた。そしていざ父に相談したときは、なかなか協力を得られずに、大変な思いをする羽目になった。

その経緯を知っているからこその、「良かったな」なのだろう。

「だから不安はありますけど、何か起こるまでは、今まで通り学生生活を楽しもうと思っています」

「ああ、俺もそれがいいと思う。……ところで今度の週末だが、君はなにか予定はあるか？」

「ええと、すみません。今週末はマーガレットたちと一緒に植物園に行こうと、前から約束していまして」

前回マーガレットの都合で駄目になった植物園には、その翌週に必ず行こうねと三人で約束している。それがビアトリスの都合で再びキャンセルになるのはさすがに少々心苦しい。

　滅多に王都にいないマーガレットの婚約者と違って、ビアトリスの相手は毎日のように学院で会えるのだから猶更《なおさら》である。

「そうか。当然予定は入ってるよな……」

「すみません」

「いや、気にしないでくれ。三人で楽しんできてほしい」

「はい。……あの、その次の週末はどうでしょう」

「俺は構わないが、確か君たちの学年は来週に毎年恒例のグループ課題が出るから、しばらくはレポート作成にかかりきりになると言ってなかったか？」

「言ってましたけど、提出期限までは割と余裕がありますし、今から二人に話せば、一日くらいなんとか調整できないことも」

「無理するな。君は前から三人で最優秀をとるんだって張り切ってたじゃないか。実際に取れたらいい思い出になるだろうし、そちらの方を優先してくれ。俺と出かけるのはいつでもできるわけだしな」

　カインの温かな微笑みに、切ないような胸苦しいような、たまらない気持ちがこみ上げてくる。

　彼はいつだって優しくて、ビアトリスの気持ちを一番に優先してくれる。自分はその優しさに甘えてしまっているのだと思う。

「あの、カインさま、レポートが終わったら、そのときにまた誘ってくださいますか？」

ビアトリスがおずおずと口にすると、カインはそれは嬉しそうに微笑んだ。

「ああ。ぜひ誘わせてもらうよ。君の予定が空くまでの間に、どこか二人で楽しめそうなところを考えておく」

「では、それを楽しみにしてレポートを頑張りますね」

ビアトリスは晴れやかに微笑んだ。


そして週末になり、ビアトリスは以前から約束していた通り、マーガレットたちと植物園を訪れた。

ビアトリスにとって、王立植物園は幼いころ父に連れられたとき以来だが、聞けばマーガレットたちも数年ぶりに来たという。

あの巨大な葉っぱに乗れそうだとか、鮮やかな果実が美味しそうだとか、気が付けば三人で子供のようにはしゃいでしまって、「きっと周りにはお上りさんのグループだって思われたわね」と笑いあった。

楽しみにしていた南国の花はまさに盛りを迎え、その鮮やかな色合いには圧倒されるほどだった。

「凄いわねぇ、あの朱色、いえ、どちらかというと緋色かしら」

「南国の言葉で火炎草っていうらしいわよ。確かに炎みたいな色合いね」

「そうね、遠目に見ると本当に燃えているみたいだわ」

友人たちとそんなことを喋りながら、ビアトリスはひそかに「カインさまの髪の色に似ているわ」と思ったが、恥ずかしくて口にはしなかった。

帰りに食べたマーガレットお勧めのチーズケーキも絶品で、実に充実した週末になった。


そして翌週になり、史学の講義で毎年恒例のグループ課題が発表された。課題内容は「なにか一つ歴史的事件を自由に選んで、なぜその事件が起きたか、歴史の流れの中でどんな意義があったか、後世にどんな影響を与えたか等をレポートにして提出する」という実に大雑把なものであり、だからこそ各自の熱意と能力が試されるという大層厄介な代物だ。

ビアトリスたちが選んだ事件は比較的人気のあるものらしく、他にも複数のグループが同じ事件を選んでいた。もっともビアトリスのように当時の資料や外国の専門書をすらすら読みこなせる生徒はほとんどいないらしく、マーガレットは「これでもう最優秀はもらったようなものね」と勝ち誇ったように宣言した。

そのマーガレットは図表などのレイアウトに意外な才能を発揮した。お洒落な彼女はこの手の分野でもセンスを活用できるのだろう。

文章はシャーロットの担当で、レトリックを駆使した華麗な文体で情感たっぷりに書くものだから、「シャーロット、これはもうレポートじゃなくて小説よ！」とときどき二人から突っ込みが入った。もっとも大仰な書きぶりの割にその文章は読みやすく、これもまた才能だとマーガレットと二人で感心しあった。

「文章にリズムをつけるのが大事なのよ」とはシャーロットの弁である。

レポート作成中はそれぞれの家に交代で集まったり、図書館にこもったりしながら執筆をつづけ、最終日にはフェラーズ邸に泊まり込んで、夜明け前にようやく完成を見た。

「ねえ、素晴らしい出来栄えじゃない？」

「ええ、完璧よ」

「これでもう最優秀は間違いなしね」

「それどころか、歴代最高のレポートと言っても過言ではないかもしれないわ」

などと徹夜明けの高揚感のままに互いの健闘を称えあい、オレンジジュースで乾杯した。

そしてようやくレポート提出を終えたあと、ビアトリスはさっそくカインにそのことを報告した。

「そうか。お疲れさま。満足のいくものができて良かったな」

「ええ、結果が出るのは大分先ですけど、最優秀を狙えるんじゃないかと思ってますの。正直言って、歴代でも屈指の出来栄えではないかと」

「そうか。そんなに凄いレポートなら、一度俺も読んでみたいな」

「……さすがにカインさまがお読みになって面白いかどうかは分かりませんわ。歴代屈指と言っても、所詮は学生の書いたものですもの」

天才のカインに見られると思うと、ビアトリスは急に冷静になった。カインは自分の読んだ文献などとっくに目を通しているに違いない。

「でも仮に最優秀を取れなくても、本当にいい思い出になりましたわ。カインさまがおっしゃっていた通りでした」

レポート作成があれほどぎりぎりまでかかったことを考えると、カインとデートに行っていたら、この達成感は得られなかったに違いない。あのときレポートを優先するように言ってくれたカインに対して、ビアトリスは改めて感謝した。

「……ところでビアトリス、今度の週末のことなんだが」

「はい。空いてます」

ビアトリスが即答すると、カインはふわりと微笑んで、「君は確かピアノは好きだったよな？」と言葉を続けた。

「ええ、大好きです」

「実はアンブローズ・マイアルの演奏会のチケットが手に入ったんだ」

「まあ、本当ですの？」

カインの挙げた名前は王都で人気沸騰中のピアニストで、そのコンサートチケットは高位貴族でもなかなか手に入らないと言われている貴重なものだ。ビアトリスも以前一度聴いたきりである。

「それで、良かったら一緒に行かないか？」

「それはもう、ぜひご一緒させてください」

カインと一緒にアンブローズ・マイアルの演奏を聴けるなんて、本当に最高の週末となるだろう。

その後は互いの好きな音楽について盛り上がった。聞けばカインは子供のころからピアノを習っており、今でもときどき弾いているという。

カインは「といっても所詮素人《しろうと》の趣味の範疇だけどな」と謙遜したが、天才の彼のことだから、それはもう見事に弾きこなすに違いあるまい。もっとも意外と下手だったりしたら、それはそれで可愛らしいと思うのだが、おそらくカイン・メリウェザーに限っては、そんなギャップはないのだろう。

（カインさまのピアノって、どんな音色なのかしら）

カインの長く形の良い指が紡ぎ出すのは、果たしてどんな音楽なのか。

ビアトリスは思わず「一度カインさまのピアノも聴かせてください」と口にしかけたが、それは「自宅に招いてくれ」というのと同義であることに気づいて、慌てて発言を飲み込んだ。

少なくとも今はまだ、そんなことを言う段階ではない。


教室に戻ったビアトリスが、週末はカインと演奏会に行くことになったと友人たちに伝えると、二人から熱烈な祝福を受けた。

「これでやっと収まるべきところに収まったわね」

シャーロットはしみじみとした口調で言った。

「いやだ、なにも収まってないわよ。ただ一緒にピアノを聴きに行くだけだもの」

「でも聴いたあとで、メリウェザーさまから交際を申し込まれるわけでしょう？」

マーガレットが当然のように問いかける。

「まあ、変なことを言わないで。そんなことなにも分からないわよ」

「あら、でもお兄さまが言うには――」

「マーガレット！」

シャーロットが咎めるように言うと、マーガレットは慌てた様子で口をつぐんだ。

そして「ごめんなさいね、なんでもないわ」と困ったように目をそらすが、その仕草はまるでなにかあると宣言しているも同然だ。

マーガレットの兄チャールズはカインの友人だと聞いているが、もしかしたら兄経由でなにか知らされているのだろうか。

（やっぱり交際を申し込まれるということかしら）

ビアトリスは「お兄さまは一体なんと言っていたの？」とマーガレットを問い詰めたい衝動に駆られたが、ここはやはり聞かなかったふりをするのがマナーだろう。

「ねえ、当日はどんなドレスにするつもり？」

シャーロットが如才なく話を切り替えた。

「まだ決まっていないのなら、早めに決めておいた方がいいと思うわ」

「そうね。初デートの服装は大事よね。うんとお洒落して行かないと」

マーガレットもほっとしたように同調する。

「でもあんまり気合の入った格好だと、カインさまにひかれてしまわないかしら」

「あら、自分との初デートで頑張ってお洒落してもらえたら、殿方にとっては嬉しいものよ？」

「そうよ。それに後になって、あのときこんな服装だったわねって思い出すときのためにも、頑張ってお洒落していった方がいいわよ、絶対」

後になって、思い出す。

まるで当日がなんらかの記念日になることが確定しているかのような物言いである。

（これってやっぱりそういうことよね？　もうそれ以外に考えられないわよね？）

やはりカインは週末デートの際に、ビアトリスに正式に婚約を申し込むつもりなのだろう。

（そうなったらどうしましょう……って、オーケーするしかないわよね？）

相手がカインならば父はおそらく反対しないし、療養中の母も歓迎するに違いない。ビアトリスさえ同意すれば、きっととんとん拍子にこの婚約は決まるだろう。

そしてビアトリス・ウォルトンはカイン・メリウェザーの婚約者になる。

将来彼の妻になり、彼の愛する辺境伯領に嫁ぐことが正式に決定される。

そう考えると、なんだか甘ったるいような、恥ずかしいような、たまらない気持ちがこみ上げてくる。

正直に言えば、再び誰かと婚約することについて不安な気持ちは残っている。

もう少しだけ待っていてほしい気もしないではない。

(だけどこうなった以上は、覚悟を決めるしかないわよね、うん)

ビアトリスは自分に気合を入れた。

大丈夫。カインとならきっと大丈夫。

だから当日はうんとお洒落して、申し込まれたら飛び切りの笑顔で答えよう。

――ところがその後、事態はまたも思わぬ展開を見せた。

第三章 大叔母バーバラとお茶会巡り

「本当に、聞いたときは驚きましたよ」

ウォルトン邸のサロンに陣取ったバーバラ・スタンワースは、いかにも呆れ果てた、といわんばかりの調子で言った。彼女はビアトリスの父方の祖父の妹、つまりビアトリスにとっては大叔母に当たる人物だ。

「ビアトリス・ウォルトンは我が儘で身勝手で、おまけに虚言癖があって男にだらしなくて、あとなんでしたっけね。とにかくアーネスト殿下が暴力をふるったのは、ふるうだけの理由があったと、こうですよ。もちろん私がその場できっちり叩きつぶしておきましたけどね。ああ本当に、私があのお茶会に出席していて良かったこと！」

バーバラの話によると、ここ数日の間に、王都の社交界ではとんでもない噂が広がりつつあるという。案の定というべきか、噂をばらまいているのはアメリア王妃の取り巻きのご婦人たちである。危惧していた王妃の嫌がらせが、ついに現実になったというわけだ。また「筋金入りのアーネストファン」であるところのパーマー夫人も、王妃らに加勢しているとのこと。

かつて「王立学院における嫌われ者」であった自分が、今度は王都の社交界における嫌われ者へと華麗なる転身を遂げるのかと、暗澹《あんたん》たる気分になりかけたが、バーバラはそんな懸念をあっさりと一蹴して見せた。

「あらビアトリス、そんなに心配そうな顔をしなくても大丈夫ですよ。なんといっても暴力事件は暴力事件ですからね。アメリア王妃の一派が何を言ったところで、みんな内心は半信半疑ですよ。この私が本気でかかれば、こんな流れは簡単に覆せますから、大船に乗ったつもりでいてちょうだい」

「ありがとうございます。大叔母さま」

「ほほほ、いいのよ。プライドの高いアルフォンスが私に頭を下げて頼んできたんですもの。ひいおじいさまのコレクションだった秘蔵の葡萄酒もくれるそうだし、まあ、これくらいのことはね」

バーバラがちらりと視線を向けると、同席していた父は居心地悪そうに苦笑いを浮かべた。

父がこの前言っていた「いざというとき力になってくれそうな親族」というのは、この大叔母を指していたようである。

ちなみに父は昔から勝気で噂好きの叔母を大の苦手にしており、今までほとんど交流してこなかったと聞いている。ウォルトン邸に招待することもろくになかったため、ビアトリス自身もバーバラに会った記憶は数えるほどだ。

しかし今回父は自ら苦手な叔母に面会に行き、いざというときビアトリスのために労をとってくれるよう頼みこんでくれたのである。父いわく、バーバラはかつて社交界を牛耳っていた女傑であり、今でもそれなりの勢力を保っているので、こういう場面では力になってくれるだろうとのこと。

「それに私も今回のアメリア王妃のやり口は、さすがにどうかと思いますしね。……まあ彼女が必死になる気持ちも、分からないではありませんけど」

バーバラは紅茶を一口飲んで、いかにも楽しげに言葉を続けた。

「自慢の息子が婚約を解消されたうえ、元婚約者の新たなロマンスのお相手は、メリウェザー辺境伯家のご令息なんですものねえ。彼女としてはさぞやたまらない思いなんでしょうよ」

「……あの大叔母さま、つかぬことをうかがいますが、その『新たなロマンスのお相手』というのは、どこから来た話なのでしょう」

「あら、例のパーティの晩、あのメリウェザー辺境伯家の令息が、貴方を助け起こして家まで送ってくれたのでしょう？　聞けば大変ハンサムで優秀な青年だというし、家格だって釣り合うし、これはどうしたって新たなロマンスの始まりじゃなくて？」

顔を覗き込んでくるバーバラに、ビアトリスは視線を落として「彼とは良い友人です……」と言うにとどめた。

実際のところ、それ以外の何物でもない――少なくとも現時点では。

「ふうん？　まあいいでしょ。とにかく周囲からはそう見えるってことですよ。アメリア王妃はきっとそれが気に入らないのね。メリウェザー辺境伯家は彼女にとっては因縁の相手ですものねえ」

バーバラの話によれば、アメリアは幼いころから王太子アルバートの婚約者候補の筆頭に挙げられており、アメリア本人もすっかりその気でいたらしい。ところがいざ正式に決定されるという時期になって隣国と緊張状態に陥ったために、急遽防衛の要である辺境伯家のアレクサンドラが選ばれることになったという。

おまけに肝心のアルバートも、アレクサンドラに会った途端、あっさり心を奪われたとのこと。侯爵令嬢アメリアの怒りは、それはもう凄まじいものであったらしい。

「彼女には他の縁談もあったのだけど、本人が頑なに王家に嫁ぐことを希望したので、結局側妃になったんですよ。まあアレクサンドラ王妃は早く亡くなって、ああして正妃になれたわけだし、今じゃなんの関係もないわけだけど、アメリア王妃はなかなか執念深いところがありますからね、色々と思うところはあるんでしょうよ」

「そういう事情があったんですね……」

実際にはカインは単なる「メリウェザー辺境伯家の令息」どころではない。他でもないアレクサンドラがアルバートに嫁いで産んだ息子だ。アメリアがカインに向ける感情は、バーバラが想像しているよりも、はるかに激しいものだろう。

ビアトリスはふと、先日の悪意に満ちたやり取りを思い返した。

――彼は王子なんかじゃないわ。護衛騎士の子よ。ねえ、私が髪の色だけでこんな風に言っているなんて思わないでちょうだいね。ちゃんと侍女の証言もあるし、他にも色々とね。

アメリア王妃はどんな思いであの科白を口にしたのだろう。心からカインを王の子ではないと信じているのか。あるいは半信半疑だからこそ、あえて強調せざるを得なかったのか。あるいはそもそも侍女の証言自体が――

ふいに浮かんだ考えに、ビアトリスは背筋が寒くなるのを感じた。その推測はいくら何でも王妃に対して不敬が過ぎる。

「とにかくね、アメリア王妃に対抗するためにも、ビアトリスはもっと色んなお茶会に出るべきなんですよ」

バーバラの甲高い声が、ビアトリスの意識を現実へと引き戻した。

「この子の美貌なら年配の夫人たちにも大いに可愛がられるでしょうに、今までもったいないことをしたものですよ。ふふ、それにしても本当に美しいこと。社交界の花と謳われた私の若いころにそっくりですよ」

「……この子はスーザン似だと思うのですが」

父が横から口をはさむも、バーバラは「馬鹿おっしゃい。この顔立ちは明らかにウォルトンですよ！」とはねつけた。

「そういうことですからビアトリス、今週末にさっそくアームストロング夫人のお茶会に参加しますよ」

「今週末ですか？」

「ええ、そうよ。昨日劇場でアームストロング夫人とばったり会ったんで。お茶会の招待客を一人増やせないかと訊いてみたんですよ。そうしたら他でもない私の頼みならってことで、快く了承してくれたわ。彼女のお茶会には有力な夫人が大勢参加しますからね、気合を入れていらっしゃい」

「その日は」

「なにかあるの？」

「……いえ、なんでもありません」

ビアトリスは複雑な思いで首を横に振った。

かくしてカイン・メリウェザーとの初デートは、またもお預けとなったのである。


「本っ当に申し訳ありません！」

恐縮しきりのビアトリスに、カインは「君が気に病む必要はないよ」と優しく言うと、笑顔のままで言葉を続けた。

「なにもかも、あの蛇女が悪いんだ」

「……王妃さまのことですよね？」

「あんなのは蛇女で十分だ」

カインはにこやかにそう言い捨てたあと、ふと真顔になって言葉を続けた。

「それにしても、このまま引き下がるわけがないと思っていたが、やはり卑怯な手を使ってきたな。社交界の情報操作は昔から彼女の得意技なんだ」

「でも大叔母が言うには、私さえ努力すればちゃんと噂は払しょくできるそうです。大叔母も協力してくれるそうですし。……私はよく知らないんですけど、父の話によると、大叔母は社交界における噂の形成について、王妃さまに張り合える唯一の人材なんだそうです」

「スタンワース公爵夫人の影響力については、俺も聞いたことがある。確かにこの件についてはまさに最適の人物だろうな。既婚夫人のネットワークは独特だし、ミルボーン家出身の王妃に対抗できるのは同じ既婚夫人の大物クラスだけだろう」

　カインは考え込むように言ったあと、「――しかし俺は偉そうなことを言っている割に、あまり君の役に立てないな」と口惜しそうに付け加えた。

「そんなことおっしゃらないでください。カインさまが王妃さまの思惑を暴いてくださったので、対策が立てやすくなりました」

　カインの推測を昨日バーバラに話したところ、彼女も賛同してくれて、王妃の手駒になりそうな貴族男性リストをビアトリスに提供してくれた。万一彼らが親切めかして近づいてきてもけして心を許してはいけないとのこと。

　バーバラには「こういうのはさっさとまともな男性と婚約してしまうのが一番いいですけどねぇ。その辺境伯令息と本当になんでもないのなら、私が良いお相手を見繕ってあげましょうか」と言われたが、そこは丁重にお断りした。

「それにカインさまに話を聞いていただけるだけでもすごく気持ちが楽になるんです」

「そう言ってもらえると嬉しいよ」

カインはそう言って目を細めた。その優しい声、穏やかな眼差しに、ビアトリスは言いようのない安心感を覚える。お世辞ではなく、今まで彼が友人として傍にいてくれたことで、どれだけ救われたことだろう。

演奏会に行けなくなったのは残念だったが、本当は少しだけほっとしている。

今の関係が心地いい。

今の関係を壊したくない。

いつまでもこのままではいられないことは、もちろん分かっているのだが——


それからしばらくの間、ビアトリスはバーバラに連れまわされて、高位貴族の夫人たちの催すお茶会に出席することになった。

ビアトリスは今まで年配の夫人たちとの付き合いが全くないわけではなかったが、その相手はいずれも母スーザンの学友で、スーザンと同様に敬虔《けいけん》で慎み深いタイプばかりだった。

一方バーバラの紹介相手はバーバラと同様に、勝気で華やかな女性ばかりであり、ビアトリスとしては上手く付き合えるか少々不安だったのだが、結果を見れば大成功だった。

「まあ、ビアトリスさまがこんなに素敵な方だったなんて、もっと早くにお近づきになりとうございました」

「今度はぜひ私のお茶会にもいらしてくださいな。ビアトリスさまのような方においでいただければ、きっと皆さん喜びますわ」

夫人たちはみな目を細めてビアトリスのことを褒めそやした。

ある程度は社交辞令も含まれているのだろうと思っていたが、バーバラいわく、そのほとんどは本気の賞賛だとのこと。

「優雅で上品で、マナーも所作も完璧だし、それに話題の選び方の素晴らしいこと！　皆さん褒めていらしたし、私も鼻が高いですよ。これならアメリア王妃の流したくだらない噂なんてあっという間に吹き飛びますよ」

バーバラは上機嫌で太鼓判を押した。

皮肉と言えば皮肉だが、ビアトリスの成功は、アメリアも関わっている王妃教育のたまものだった。

なにしろビアトリスは貴族名鑑の内容も、王国内の各地域についての情報も一通り頭に入っているために、相手の名前を聞きさえすれば、たちどころにその一門の歴史や、親戚関係に縁戚関係、所有する領地の気候風土や特産品を思い出すことが可能である。

ゆえにその知識を踏まえて話題を振ってみたところ、相手はみな一様に喜んで、会話は大いに盛り上がった。中には、「ウォルトン家のお嬢さまが、我が家の薔薇作りにそこまで興味を持ってくださっていたなんて」と感激して、新種の薔薇にビアトリスの名をつけることを約束する者もいたほどだ。

またビアトリスが王都の美味しいスイーツや流行小説について意外に詳しかったことも、愛らしいギャップとして好意的に受け止められた。この辺りは二人の女友達のおかげだろう。

会話の最中にビアトリスとアーネストとの一件をあれこれ詮索してくる者もいたが、それはバーバラが「まあまあ、その辺は察してちょうだいな。ほらやっぱり婚約者同士のことですし、不敬罪ってものもありますから、あまり滅多なことは言えませんものねえ」とにこやかにさばいて事なきを得た。

全くもって、頼もしいことこの上ない。

ただバーバラがことあるごとに「本当に、今までスーザンはなにをしていたのかしらねえ」「だからあの子との結婚に反対だったんですよ、私は」と口にするのは、かなり辟易させられた。

「アルフォンスがああいう性分なんだから、せめてお相手は社交ができるタイプじゃないと駄目だって、私は口が酸っぱくなるまで言ったんですよ。それなのに似た者同士でくっついたりするものだから、ほうら言わんこっちゃない」というのがバーバラの言い分である。

父がこの頼もしい大叔母と長らく疎遠だったのは、この辺りに原因があるのだろう。

それでもあえて援軍を頼んでくれた父アルフォンスに、ビアトリスは改めて感謝を捧げた。

（だけど……）

――本当に、とても残念だわ。私は貴方のことが好きだったのに。

ふとしたおりに、アメリア王妃の声が、耳の奥によみがえる。

本当にこんなことで王妃の制裁は終わるのだろうか。彼女の企みはまだこの先にあるのではないか。ビアトリスにはそんな気がしてならなかった。

第四章 アーネストの警告

「それじゃ、これからはまた一緒に過ごせるのね？」

学院食堂でランチをとりながら、マーガレットが嬉しそうに声を上げた。

「ええ、もう有力なご夫人には一通り紹介し終わったから、あとはときどき大きなお茶会に参加すればいいということだったわ。二人とも、今まで待っていてくれてありがとう」

「あら当然よ。やっぱり三人一緒じゃないとつまらないもの」

シャーロットが微笑んだ。

ビアトリスが大叔母に連れまわされている間中、マーガレットたちは「ビアトリスが参加できないなら」と、週末に遊びに行かずにずっと待っていてくれたのである。

ビアトリスは「私に遠慮しないで、二人で楽しんで来てね」と口では言っていたものの、実際に自分抜きで遊びに行かれたら、やはり寂しく感じただろう。彼女らの友情には感謝してもしきれない。

おまけに二人の母親たちも、社交の場に出るたびに「娘の大切な友人であるビアトリス嬢」を大いに賞賛してくれていたらしい。そのおかげもあってか、バーバラも「アメリア王妃がなにを言おうと、もう大丈夫ですよ」との太鼓判を押してくれたのである。

「嬉しいわ。三人で行きたいところがたくさんあるのよ。郊外にピクニックに行くのもいいし、新しくできたカフェや骨董市にも行ってみたいし、ありすぎて迷ってしまうわね」

「ねえ、そのことなんだけど、エルマたちから週末にサロンで演奏会を開くから参加しないかって誘われてるの。良かったら一緒に聴きに行かない？」

　シャーロットが意味ありげな微笑を浮かべて言った。

　彼女の言う「エルマたち」とは、シャーロットの従姉妹に当たる双子の姉妹、エルマ・フィールズとエルザ・フィールズのことである。二人はフィールズ邸の改装中に、シャーロットの家に滞在していたこともあり、ビアトリスやマーガレットとも比較的親しい関係にある。

「演奏会？」

「ええ、やっと屋敷の改装が終わったから、お祝いにピアノの演奏会を開くんですって。それでエルマたちの学友としてビアトリスたちを招きたいって言って来たのよ」

「演奏会って、どなたがピアノを弾くの？　もしかしてエルマたち？」

「エルマとエルザも二重奏を披露するって言っていたわ。二人とも子供のころから住み込みの先生について習っているから、ちょっとした腕前よ。でも演奏会の目玉はゲストとして招かれるピアニストの方よ。……驚くなかれ、なんとあのアンブローズ・マイアルよ！」

　シャーロットの言葉に、二人は思わず歓声を上げた。

「まあ、凄いじゃない。王都で引っ張りだこの人気ピアニストが、個人のサロンで演奏会だなんて」

「そうよ、あのアンブローズ・マイアルが個人宅で演奏するなんて、滅多にないことじゃないかしら」

「でしょう？　エルマたちのお母さまって昔からピアノが大好きで、プロの演奏家の人たちのお知り合いが大勢いらっしゃるんですって。その中にアンブローズ・マイアルの師匠筋に当たる方がいらしたので、その伝手でなんとか承諾を取り付けたらしいわ。ねえ、二人とも参加するでしょう？」

「もちろんするわよ。ねえビアトリス」

当然のように同意を促され、ビアトリスは一瞬返事に詰まった。

アンブローズ・マイアル。

カインと一緒に聴きに行こうと約束していた新進気鋭のピアニスト。

「……ごめんなさい、私はやっぱり行けないわ。エルマたちには悪いけど、私はその日に用事があるって伝えてくれる？」

「まあ何故？　メリウェザーさまに悪いから？」

「ええ、端的に言えばその通りよ」

カインと一緒に行くはずだった演奏会は、ビアトリスの個人的事情で行けなくなった。あの後カインが一人で聴きに行くことはなく、チケットは人に譲ったと聞いている。

それなのにビアトリスだけが聴きに行くわけにはいかないだろう。

むろんカインは「自分のことなど気にせず楽しんできてくれ」と言うに違いないが、これはビアトリス自身の気持ちの問題である。

「私が行っても心から楽しめないと思うの。せっかく誘ってくれたのに、水を差すような真似をしてごめんなさい。結果的にエルザたちの演奏も聴きに行けなくなってしまうことも、本当に申し訳ないと思うけど」

ビアトリスが神妙な顔で言うと、シャーロットは何故かくすくすと笑いだした。

「ふふ、やっぱりね」

「え？　やっぱりって」

「実はそう言うと思ってね、ちゃぁんとメリウェザーさまの席も確保してあるのよ。私の母も『改装中にお世話になったから』ということで招待されたのだけど、あまりピアノは興味ないから辞退してしまったの。それでその空いた分でビアトリスの友人である辺境伯ご子息をご招待してほしいって私からエルマたちのお母さまにお願いしたら、ぜひそうしたいとおっしゃってくださったのよ」

「まあ……」

「ね、行くでしょう？　ビアトリス」

「行くわ！　もちろん行くわよ……もう、そういうことは先に言ってよ！」

ビアトリスは真っ赤になって抗議したのち、「でも、ありがとう」と付け加えた。

「いえいえどういたしまして。ちなみにヘンリーさまも招待されてるわ。別に私の婚約者だからってわけじゃなくて、もともとフィールズ家と付き合いがあるからだけど」

「まあそうなの、お会いするのが楽しみだわ」

シャーロットの婚約者であるヘンリー・オランド侯爵には前に一度紹介されたことがある。一回り年下のビアトリスたちにも丁寧な態度で接してくれる、温和な雰囲気の男性だ。

「なんだか貴方たち二人でダブルデートみたいね。私だけが半端者だわ」

マーガレットがすねたような口調で言った。

「仕方ないでしょ。貴方のお相手ははるか彼方なんだもの。トリプルデートができるのは、王宮舞踏会まで待たないと」

王宮舞踏会。

シャーロットが何気ない調子で口にした言葉に、ビアトリスは一瞬どきりとした。

あと一か月ほど経つと、王宮では毎年恒例の舞踏会が開かれる。爵位持ちの家柄の者は軒並み招かれる大規模なもので、マーガレットとシャーロットは当然のように婚約者と参加することを決めている。

しかし、である。

「……前から言ってるけど、私は今年の王宮舞踏会には参加しないわよ？」

「あら、それはパートナーがいないからでしょう？　もしメリウェザーさまに一緒に参加しようって申し込まれたらどうするの？」

「仮定の話には答えられないわ……と言いたいところだけど、もし誘われても参加しないと思うわ。王家とあんなことがあった立場で、これ見よがしに新たなパートナーと王宮に行くのは控えた方がいいと思うし」

「気にしすぎじゃないかしら。個人が主催するパーティならともかく、王宮舞踏会は一種の公式行事じゃないの。だから王家は『あんなことがあった』貴方にも招待状を送っているわけでしょう？」

「それはそうだけど、私の相手がカインさまだと、余計に喧嘩を売っているような形になりかねないし」

「なんで？　創立祭でのことがあるから？」

それもあるが、それだけではない。カインがかつての第一王子クリフォードであり、アメリア王妃とアーネストの因縁の相手であるからだ。当のアーネストは今回欠席すると聞いているが、王妃は当然主催者として参加すると思われる。ただでさえビアトリスを敵視している王妃の前でカインとダンスを踊るのは、彼女の怒りの炎に油を注ぐことにもなりかねない。

ビアトリスが答えかねていると、マーガレットがとりなすように「まあまあいいじゃない、まだ先のことよ」と口をはさんだ。

「それより目前の演奏会の方を考えましょうよ。ねえシャーロット、アンブローズ・マイアルは何曲くらい披露してくれるのかしら」

「さあ、そこまでは分からないわ。だけどさすがに一曲だけってことはないはずよ。だってエルマたちが弾くのは一曲だけだし、合わせて二曲じゃさすがにちょっと物足りないもの」

「エルマたちはなんの曲を弾く予定なの？」

「シェリンガムの『二台のピアノのための変奏曲』よ」

「まあ素敵、私の大好きな曲のひとつだわ」

「アンブローズ・マイアルはもちろんだけど、エルマたちの演奏も楽しみね」

「そうねえ。双子の二重奏なんて滅多に聴く機会がないものね」

「あの一家はピアノが大好きだから、広間も演奏会仕様にしてあるはずよ。ピアノも素晴らしいものだし、きっと楽しめると思うわ」

「そういうところだから、アンブローズ・マイアルも招待を受けたのかもしれないわね」

そして三人は授業が始まるまでの間、演奏会の話題で盛り上がった。


翌朝。ビアトリスは弾む思いで、いつもより早めに王立学院に登校した。

そしてあずまやへと赴いたところ、柱の陰に男性のものと思しき人影が見えた。

（まあ、カインさまったら早いのね）

てっきり自分の方が先だと思っていたのだが、今日のカインは随分と早起きだったらしい。

「カインさ――」

ビアトリスは声をかけようとして、思わず息をのんだ。

そこにいたのは目当ての赤毛の青年ではなかった。

（幻……じゃないわよね）

朝の日差しを受けて輝く黄金の髪。

かつての婚約者、アーネスト王太子殿下が柱の陰にたたずんでいた。

驚きのあまり声を失っているビアトリスに対し、アーネストは「君に話があるから待たせてもらった」と淡々とした調子で言った。

「そうですか……」

「俺が君の教室に行くと目立つからな。ここに来れば君に会えると思っていた」

また少し痩せただろうか。かつての自信にあふれた態度はなりを潜め、今の彼はどこか儚げで、存在感が希薄なように感じられた。

「あの、お話とはなんでしょう」

「母についてだ」

「王妃さまについて、ですか」

「ああ。母が余計なことをやっているようですまない。こんなことはもうやめるように伝えたんだが、大丈夫だから気にしないでいい、全部自分に任せておけと言うばかりでな。……あの人は、まだなにか企んでいるようだ」

「そうですか」

「すまない」

「いえ、アーネスト殿下に謝っていただくことではありません」

「まあ、どうせ俺では母を制御できないからな」

「そういう意味では」

「誤魔化さなくていい。俺も自分の非力さは自覚している」

アーネストは自嘲的な笑みを浮かべた。

「俺は結局ずっと母上の掌《てのひら》の上だ。あのときも」

「あのとき？」

「いや……王妃教育のあとのお茶会で、君を泣かせたことがあったろう」

「はい」


――君は自分が偉いと思っているのか？


大好きだったアーネストに突き放された日のことは、忘れようにも忘れられない。

「もし、あのとき俺が」

アーネストはそこで口をつぐんだ。彼の眼差しはビアトリスではなく、その背後に注がれている。視線を追って振り返ると、ちょうどカインがこちらにやってくるところだった。

「君の待ち人が来たようだから失礼するよ。それじゃ」

アーネストはそう言うと、校舎の方に消えていった。

「ビアトリス！　まさかあいつに何かされたのか？」

あずまやに駆け付けたカインが、勢い込んで問いかけた。

「いいえ、少しお話ししていただけです。王妃さまがまだ何か企んでいるようだと警告していただきました」

「そうか……」

ビアトリスの言葉に、カインはほっと肩の力を抜いた。

「殿下は王妃さまにやめるようにおっしゃってくださったのですが、聞き入れる様子はなかったそうです」

「まあそれはそうだろうな。国王ですらあの女を御しきれてないところはあるし、アーネストの手には余るだろう」

カインはため息をついて言葉を続けた。

「俺は子供のころ、母親のいるアーネストが羨ましかったが、今にして思えば、そんな良いものでもなかったのかもしれないな。俺は他人だからさっさと離れることができたが、アーネストはあの女が生きている限り、振り回され続けることになりそうだ」

「そんなことは」

そんなことはない、とは言えなかった。
だけどそうだと言い切る気にもなれなかった。
ただアーネストの儚げな後ろ姿が、いつまでもビアトリスの脳裏に焼き付いていた。

第五章　フィールズ邸の謎めいた女性

そして待ちに待ったフィールズ邸の演奏会がやってきた。

ビアトリスはカインやマーガレットにシャーロット、そしてヘンリー・オランドとカフェで待ち合わせたあと、連れだってフィールズ邸を訪れた。

出迎えたフィールズ夫人は薔薇色の頬をした愛らしい女性で、姉妹の母親というよりは、姉に見えるほどに若々しかった。なんでも学院を卒業と同時にフィールズ伯爵と結婚し、翌年エルマたちが生まれたらしい。

「この前の試験で娘たちが好成績をとれたのはビアトリスさまのおかげだとうかがって、主人ともども大変感謝しておりますのよ」

大仰に礼を述べる夫人に、ビアトリスは「いいえ、お二人が努力されたからです」と慌てて否定した。

そのエルマとエルザは海を思わせる深いブルーのドレスを身にまとっており、人魚のように美しかった。今日弾く予定の『二台のピアノのための変奏曲』は海をモチーフにしているので、それに合わせているのだろう。

ビアトリスが二人の二重奏が楽しみだと言うと、二人は「まあ、恥ずかしいです。私たちの演奏なんてほんの前座ですから。適当に聴き流してください」「そうです。今日のメインはなんといってもマイアルさまの方ですから」と二人そろってはにかんだ。

屋敷にはほかにもフィールズ家の知り合いが何人も招かれており、メインの演奏が始まるまでの間、皆サロンで軽食をつまみながらお喋りを楽しんでいるようだった。ビアトリスたちも夫人の紹介を受けて、会話の輪の中に加わった。

演奏会の前とあって、話題はやはり音楽にまつわるものが多かった。ビアトリスの名を耳にしても、王太子との一件に触れる者は一人もおらず、ビアトリスは内心安堵の息をついた。

そうして歓談しているときに、ビアトリスはふと集団から離れたところにひっそりとたたずむ地味な婦人に気が付いた。見事な白髪をきつく結い上げ、大きな眼鏡をかけている。

客として紹介されていないが、この家の使用人だろうか。しかしそれにしては着ているものが上質で、立ち姿からもどことなく品の良さが感じられる。

彼女は食い入るような眼差しで、カインの横顔を見つめていた。

そのカインはと言えば、シャーロットの婚約者であるヘンリーと古典音楽について意見を交わしていた。周囲には複数の客たちが取り巻いて、興味深げに耳を傾けている。その中に頬を染めてうっとりとカインを見上げる婦人も見受けられたが、あの眼鏡の女性の眼差しは、その手の艶めいたものとはまるで様子が異なっていた。

まるで信じられない異形を目の当たりにしたような、恐怖と驚愕に満ちた眼差し、とでも言おうか。

「ねえエルマ、あの方は？　まだご紹介を受けていないと思うけど」

ビアトリスは双子の姉であるエルマにさりげなく問いかけた。

「ああ、彼女ですか。彼女は私たちのピアノの先生です。よろしければご紹介しましょうか」

エルマはそう言って、「先生、ちょっとこちらにいらしてください」と眼鏡の女性に呼びかけた。しかし女性はエルマの声が聞こえなかったかのように、するりとドアの向こうに消えてしまった。

「まあ、先生ったら一体どうなさったんでしょう。待っていてください。今お呼びしてきますから」

「いえ、わざわざお呼びたてするのは申し訳ないわ。どなただろうって、少し気になっただけだから。お名前はなんておっしゃるの？」

「メアリー・ブラウン、母の遠縁なんだそうです」

「メアリー・ブラウン……ブラウン子爵家かしら」

「はい。そう聞いています」

「お母さまは、昔からあの方と親しくなさっていたの？」

「はい。母は子供のころからブラウン先生と仲が良くて、同じピアノの先生に師事していたこともあったそうです。……あの、先生がなにか？」

「いいえ。ちょっと知り合いに似ていたのだけど、私の勘違いだったみたい」

ビアトリスは曖昧に微笑んだ。

ビアトリスは王妃教育の一環で、貴族名鑑は全て頭に入っている。ビアトリスの記憶にある限り、没落貴族のブラウン子爵家に、あの年頃のメアリーという女性は存在しないはずだった。

あの女性はなんらかの理由で素性を偽り、身を隠していると考えられる。

もっとも「子供のころから仲が良かった」というフィールズ夫人は、彼女の正体を分かったうえで、身分を偽ることに協力しているのだろう。おそらくよんどころない事情あってのことだろうし、部外者であるビアトリスがあえて口を出すことではない。

（だけど、さっきの眼差しは少し気になるわね）

彼女のカインに対する眼差しには、尋常ならざるものがあった。まさか彼に危害を加えるとまでは思わないが、一応カイン本人に伝えて、注意を促した方がいい。

ビアトリスはそう判断し、カインと二人きりで話す機会を待った。

しかしあいにくなことに、機会はなかなか訪れなかった。カインとヘンリーの間で交わされている議論には、途中から白髪頭の老紳士や、妙齢のご婦人まで加わって、大いに盛り上がっている。

ビアトリスが呼び出せばカインは応じてくれるかもしれないが、せっかくの盛り上がりに水を差すのは無粋だし、招待主であるフィールズ夫人の顔をつぶすことにもなりかねない。

そうこうしているうちに、本日のメインイベントであるアンブローズ・マイアルの演奏を拝聴する流れとなってしまった。

「いよいよね、楽しみだわ」

「ええ、間近で彼の演奏を聴けるなんて二度とないかもしれないものね」

一緒にホールへ移動しながら、マーガレットとシャーロットが興奮を隠しきれない様子で囁きを交わす。ビアトリスもあの女性のことはいったん忘れて、せっかくの音楽を存分に楽しむことにした。


そして演奏が始まった。アンブローズ・マイアルはなかなかサービス精神にあふれた演奏家であるらしく、まず古典的な名曲を披露してから、次に己が得意とする曲を弾き、さらには客のリクエストに応えて最近の流行曲まで楽しげに演奏して見せた。

彼は丸まる太った赤ら顔の小男で、一見下町の商店主のような風貌なのだが、その指先から紡ぎだされる多彩な音色には圧倒されるようだった。以前コンサートホールで聴いたときも素晴らしかったが、やはり個人宅で聴くと魂に直接響いてくるような迫力がある。

惜しみない拍手が贈られたあと、アンブローズはいったん休憩に入り、その間にフィールズ家の双子の姉妹の二重奏が披露された。

海を思わせる青いドレスの令嬢たちが、海をテーマにした音楽を、二人並んでしとやかに紡ぎだしていく。

むろん先ほどのような迫力はないものの、息の合った双子の二重奏は愛らしく耳に心地よかった。二人の指使いはなめらかで、指導者の技術の高さがうかがえる。あの眼鏡の女性が何者であるにせよ、ピアノの腕は確かなようだ。

こちらにも客人たちから惜しみない拍手が贈られた。

「エルマもエルザも素晴らしかったわ！　本当に海が見えた気がしたもの」

ビアトリスの心からの賞賛に、エルマたちは「ビアトリスさまにそう言っていただけるなんて嬉しいです」と頬を赤らめた。

やがて休憩を終えたアンブローズが再びピアノの前に戻ってきたが、彼はすぐに椅子に座ることなく、周囲を見回しながら茶目っ気たっぷりに提案した。

「お嬢さまたちの可憐な二重奏を聴いているうちに、私も久しぶりに誰かと一緒に弾いてみたくなりました。よろしければどなたか私と二重奏をお付き合い願えませんか」

「まああ、なんて光栄なお話ですこと！　エルマ、ぜひ貴方がお相手しなさい」

フィールズ夫人がはしゃいだ声を上げるも、エルマは慌てて手を振った。

「そんな、あの方とご一緒なんて、とんでもありません」

「それじゃエルザ」

「私も無理です……！」

エルザは泣きそうな顔でふるふると首を横に振った。

内気な彼女らはすっかり気後れしてしまっているらしい。

なんとなく場が白けた雰囲気になりかけたとき「私でよければ、お相手しましょう」と澄んだバリトンが広間に響いた。

「まあ、メリウェザーさま」

エルザがほっとしたような声を上げた。

「メリウェザーさまってピアノをお弾きになるの？」

「ええ、前にご自宅でときどき弾いていらっしゃるとうかがったわ。でも実際に聴くのは私もこれが初めてよ」

隣から問いかけるシャーロットに、ビアトリスは小声で囁き返した。

以前から一度聴いてみたいと思っていたカインのピアノを、まさかこんな形で聴くことができるとは思わなかった。今日は自分にとって随分と贅沢な一日になりそうだ。

カインとアンブローズがそれぞれのピアノの前に座り、男性二人の二重奏が始まった。

カインのことだからピアノも難なくこなすのだろうと思ってはいたが、実際の演奏は予想をはるかに上回る、それは素晴らしいものだった。

初めての合奏とは思えないほどにぴったりと息が合っていて、二つ調べが互いに絡み合い、響きあって華やかで力強いメロディを奏でていく。

むろん職業演奏家のアンブローズが合わせてくれている面はあるのだろうが、それにしたってぶっつけ本番でここまでやれるとは、カインの天才ぶりを改めて思い知らされた心地である。

演奏が終わると、会場はたちまちのうちに万雷の拍手に包まれた。ビアトリスも夢中で拍手を贈った。

「見事な腕前ですね、おかげでとても気持ちよく弾くことができました」

アンブローズが笑顔で言うと、カインも「光栄です」と微笑み返す。

「よろしければ、今度は貴方一人の演奏を一曲お聴かせ願えませんか?」

「私は構いませんが、主催者であるフィールズ夫人にうかがってみなければ」

カインがフィールズ夫人の方を見やると、夫人は興奮冷めやらぬ様子で、「私からもぜひお願いします」と勢い込んでうなずいた。

「それでは、私の故郷で人気のある夜想曲を」

カインは再びピアノの前に座り、今度は一人で演奏を始めた。先ほどの華やかな二重奏とは打って変わった、胸にしみいるような優しい旋律に、その場にいる者はみな無言で耳を傾けた。

初めて聴くのに、どこか懐かしいようなその音色に、ビアトリスはカインと初めて会った日のことを思い出した。


——ビアトリス・ウォルトン公爵令嬢。君がさぼるとは意外だな。

あずまやで一人泣いていたビアトリスに、カインが声をかけてきた。あの日全てが始まったのだ。彼の口から君は何も悪くないと聞かされて、ビアトリスはアーネストの冷たい態度に思い悩むのはもうやめようと決意した。そして——

カインの演奏は、突然の悲鳴によって断ち切られた。

「先生、どうなさったんですか先生！」

泣き叫ぶエルマの足元には、メアリー・ブラウンがうつぶせに倒れ伏していた。


幸い招待客の中に医師がいたので、すぐに簡単な診察が行われた。診立てによればメアリー・ブラウンに重い病気はなく、単なる失神らしいとのこと。二階に運ばれて気付け薬を嗅がされて、すぐに意識が戻ったらしい。

「お騒がせして申し訳ありません。彼女は大丈夫ですから、どうか引き続き演奏会を楽しんでくださいませ」

フィールズ夫人はにこやかに客のもてなしを続けようとしていたが、内心は気もそぞろなのが、こちらにも伝わってくるほどだった。

その後仕切り直しという形でアンブローズ・マイアルが得意曲をさらに一曲披露したあと、今日の演奏会は終了となった。

「それにしても急に失神するなんて、何かショックなことでもあったのかしら」

サロンに戻ったマーガレットが、フィールズ家特製マフィンをつまみながら首をかしげた。

「なんだか真っ青な顔をしていらしたし、心配ね」

相槌を打つビアトリスに、シャーロットが神妙な面持ちで問いかけた。

「そのことなんだけど……ねえビアトリス、メリウェザーさまって、殺された双子の弟がいらっしゃったりしないかしら」

「え、いきなり何を言い出すの？」

「実はね、私あの女性のすぐ近くにいたから聞こえたのだけど、彼女卒倒する直前に、かすれた声でこうつぶやいていたのよ、『まさかそんな、生きておられたのですか』って」

「生きておられたのですかって、そう言ってたの？」

「ええ、そのあとに続けて名前を呼んでいたのだけど、ギルバートとかバーナードとかそんな響きで、明らかにメリウェザーさまのお名前ではなかったわ。しかもね、生きていたことを喜ぶんじゃなくて、なんだかひどく怯えた様子だったのよ」

シャーロットは声を潜めて言葉を続けた。

「そこで私は推理したのだけど……メリウェザーさまは、あのメアリー・ブラウンがかつて殺した人物にそっくりなんじゃないかしら。殺したはずの相手が生きていたから、あんな風に怯えたのよ、きっと」

「ちょっとシャーロット、冗談にしても失礼よ！」

ビアトリスは慌ててたしなめた。シャーロットは最近探偵小説にはまっており、自分の手で殺人犯を見つけられたら素敵でしょうね、なんて物騒な夢を二人に語ったことがある。

聞いたときは微笑ましく思っていたものだが、現実に夢を叶えようとされると、なかなか笑えない状況だ。

「相手はエルマたちの親類なのよ？　シャーロットにとっても縁戚じゃないの。滅多なことを口にするべきじゃないわ」

「でも……それじゃあ私が聞いた彼女の言葉は一体なんだったと思う？」

「死んだはずの知り合いに似ていたってところまでは合っているんじゃないかしら。だけど彼女がその相手を殺したっていうのは、さすがにちょっと飛躍しすぎだと思うわよ」

「そうね、死んだはずの相手を怖がる理由なんていくらでも考えられるわよね」

マーガレットも同調する。

「借金をしていた相手が死んで、これで返さないで済むとほっとしていたのかもしれないじゃない」

「そうなのかしら。なんだか夢のないお話ね」

「貴方の夢は物騒すぎるわよ」

「分かったわよ。推理はやっぱり小説で楽しむしかないっていうことね」

ようやく引き下がったシャーロットに、ビアトリスはほっと息をついた。

察するに、メアリー・ブラウンはクリフォードのかつての知り合いなのだろう。死んだはずの第一王子が実は生きていたとなれば動揺するのは当然だし、「まさかそんな、生きておられたのですか、クリフォードさま」と漏らしたとしても違和感はない。

もっとも単に驚いたのみならず、怯えていた、というのは少々気になるところではある。

（ブラウン姓のこともあるし、やっぱりカインさまに相談すべきよね）

マーガレットたちが知り合いの夫人に捕まったのを機に、ビアトリスはそっとその場を抜け出して、カインのことを探しに行った。

カインはほどなくして見つかったが、あいにくなことに一人ではなかった。

「メリウェザーさまって本当にすごいんですね。あのアンブローズ・マイアルと一緒に弾いても全然引けを取らないんですから」

「いや、あれは単なる余興だし、彼の方がこちらに合わせてくれたんだよ」

「それでもすごいです。それにあの後の夜想曲も本当に素晴らしくて、もっと聴いていたかったです」

「ありがとう。あの曲は俺も気に入ってるんだ」

フィールズ家の双子の妹、エルザが目を輝かせてカインのことを見上げている。対するカインも優しい眼差しでエルザのことを見つめていた。

「私は子供のころから練習しているのに全然だめで……あんな風に弾けるなんて、メリウェザーさまが羨ましいです」

「そんなことはないだろう。君たちの演奏は素敵だったよ」

「本当ですか？　いえ、お世辞でもすごく嬉しいです。いつか機会があったら、私もメリウェザーさまと」

（……会話の邪魔をしては申し訳ないから、お伝えするのはあとにしましょう）

結局ビアトリスは声をかけることなく、無言でその場を立ち去った。


帰りの馬車に乗り込む直前になって、ビアトリスはようやくカインと二人きりで話す機会を得た。そこでさっそくメアリー・ブラウンについて伝えたのだが、カインもその正体については心当たりがないようだった。

「ただ彼女が俺がクリフォードだと気づいた理由についてはなんとなく察しが付く。今日弾いた曲は二重奏もその後の夜想曲も、母が好きでよく弾いていた曲なんだ」

「アレクサンドラさまが？」

「ああ。俺自身は母が弾いているのを聴いたことはないんだが、俺が弾くと祖父を筆頭に母と親しかった人間がやたらと喜ぶものだから、一族サービスの一環として、故郷でよく弾いていたんだよ。そういう事情のせいか、あるいは血筋的なものかは知らないが、俺の弾き方は母に似ているらしいんだ」

「それじゃあの女性は、カインさまが弾いているのを聴いてアレクサンドラさまを連想し、そこからクリフォード殿下に思い至った、ということでしょうか」

「だろうな。もともと俺の髪の色や顔立ちからなんとなくクリフォードとの類似性を感じ取って凝視していたところに、あのピアノを耳にしたことで、クリフォードだと確信してショックを受けたんだろう」

　カインは考え込むような調子で言葉を続けた。

「ただいきなり失神されるほどショックを受ける理由については分からないな。俺に死んでほしい人間は王妃を筆頭に山ほどいるが、彼らは俺が生きていることは当然知ってるわけだしな。……とりあえず家の者に連絡して、心当たりがないか尋ねてみるよ」


　その後二人は別れの挨拶を交わして、それぞれの馬車へと乗り込んだ。

　ビアトリスはカインの演奏も素晴らしかったことを伝えたかったが、なんだかエルザに張り合っているようで恥ずかしく、結局なにも言えずじまいだった。

（せっかく一緒に参加したのに、カインさまとはあまり話せなかったわね）

　帰宅する馬車の中で、ビアトリスは独りごちた。

　先ほどのエルザの件だけではない。アンブローズ・マイアルの演奏を待っている間も、カインは歓談の中心にいて、皆が彼の言葉に耳を傾けていた。周囲から注目を集める威風堂々たる美青年。思えばあれが彼の本来の姿なのだろう。

学院でのカインは物静かな一匹狼で、交流があるのはビアトリスを除けばチャールズとシリルくらいのものだった。それは彼の特殊な事情ゆえに、王都で他人と関わることを意図的に避けてきたがゆえである。

しかしこの前の一件で、「メリウェザー辺境伯家の令息」としてすっかり名が知れ渡ってしまい、もはや隠れ続けることも不可能と判断したのか。その才覚をいかんなく発揮し始めた彼は、さっそうとしてまぶしいほどだ。

彼を慕うものは男も女も、きっとこれから大勢現れるに違いない。現時点では王都でカインと一番親しいのはビアトリスだと自負しているが、今後のことは分からない。いずれもっと親しい人物にとってかわられるのかもしれない。例えば――。

ふと先ほど目にした光景が、頭の中によみがえる。憧れの目でカインを見上げるエルザ・フィールズと、優しい眼差しで彼女を見つめるカイン・メリウェザー。

（……我ながら子供じみた独占欲ね）

ビアトリスは頭を振って、不穏な考えを追い出した。

第六章　すれ違う二人

帰宅したビアトリスが本を読みながらくつろいでいると、父の執務室に呼び出された。

「お前に伝えるべきか迷ったんだが、やはり一応話しておくことにする」

父はそう前置きをしてから、「実は我が家の複数の取引相手が、提携解消を申し出てきた」と言葉を続けた。

「それはつまり……」

「ああ。解消の理由ははっきり言わなかったが、アメリア王妃の圧力によるものだろう。取引相手のひとつがそれらしいことを匂わせてきたよ。ただし新たな取引先についての当てはあるから心配はいらない。だからあえてお前に伝える必要もないかと思ったんだが、他の者から聞かされて、動揺しては困るからな」

「本当に大丈夫なのですか？」

「ああ。この程度の嫌がらせでどうにかなるほど我が公爵家はやわではないよ。アメリア王妃も無駄なあがきをするものだ」

父はゆったりと笑って見せた。その表情や口調から、無茶な強がりを言っている様子は感じられず、ビアトリスはほっと胸を撫で下ろした。

アーネストに警告された王妃の企みとはこのことだったのだろうか。

だとしたら学院でアーネストに会ったときにでも「大丈夫ですから心配なさらないで」と伝えたいと思ったが、二人が話していると周囲から無駄な憶測を呼びかねないし、控えた方が無難だろう。


翌朝、カインにその件を伝えたところ、「もし良かったら、うちと関係がある家に声をかけてみようか」と申し出てくれた。

「ありがとうございます。だけどもう当てはあるそうなので、大丈夫です」

「そうか。だけどもし、そこが駄目になったらいつでも言ってくれ。ウォルトン公爵領の小麦は上質だし、欲しがっているところはいくらでもある。王妃からの圧力なんてうちには関係ないからな」

メリウェザー領は昔から自主独立の気風があり、中央からの圧力に影響されにくいのが特徴だ。カインが言っているのはけししてはったりなどではないのだろう。

ビアトリスが「それじゃ、もしもの場合はお願いしますね」と言うと、「ああ、任せてくれ」と頼もしい返事が返ってきた。

その後はごく自然な流れで昨日の演奏会についての話になり、ビアトリスはようやく昨日の演奏が素晴らしかったことをカインに伝えることができた。

「良かった。君にそう言ってもらえると、無理して弾いた甲斐があったよ」

「まあ無理していましたの？　落ち着いて自信満々に見えましたのに」

「合奏だけならまだしも、アンブローズ・マイアルが聴いている前で一人で演奏するなんて、俺もできれば避けたかったよ。だけどまさかあの流れで、自信がないから嫌ですと言って断るわけにもいかないだろう」

そう言って苦笑するカインに、ビアトリスもつられて笑ってしまった。

昨日カインの存在がどこか遠くに感じられたのが嘘のように心地いい。昨日はやはり色々と考えすぎていたのだろう。

「ところでカインさま、例の女性については、あの後なにか分かりましたか？」

「帰ってから家の者に聞いてみたところ、一応候補になりそうな女性がいるらしい。母の関係者で、なおかつピアノが得意な女性が数年前から行方不明になっているそうだ」

「まあ」

「ただ年齢が合わないんだ。あの眼鏡の女性は結構年がいっている感じだったが、候補の女性はまだ三十代半ばらしい」

「なにか辛い体験をしたせいで実際の年齢よりも老けて見えるのではないでしょうか」

「その可能性はあるな。……とにかくもう少し詳しいことを知っていそうな親族に問い合わせてみるつもりだよ」

カインは結局それ以上のことを説明しようとしなかった。

失踪した女性とやらは先代王妃アレクサンドラとどういう関係だったのか。

仮にあの眼鏡の女性と同一人物だったとして、その女性がクリフォードを見て怯える理由について心当たりはあるのか。

その女性が失踪した状況は果たしてどのようなものだったのか。

そもそも女性は何故に失踪したのか。

ビアトリスは「今その女性について分かっていることだけでも教えてほしい」と思ったが、あえて口にはしなかった。

亡くなった先代王妃の関係者ともなれば王家の内情に関わることでもあるだろうし、なにか言いづらい事情があるのかもしれない。部外者であるビアトリスが、好奇心から踏み込むべきではないだろう。

カインと別れて教室へと向かう道すがら、ビアトリスは新たなデートの話が出なかったことに気が付いた。

別に約束をしていたわけではないのだが、なんとなくビアトリスを取り巻く噂の件が片付いたら、仕切り直しのデートをするものとばかり思っていたのである。しかし今日のカインはそんなそぶりを一切見せようとしなかった。

(二回も反故《ほご》にされたせいで、その気が失せてしまったのかしら)

そう考えると、なんともいえない喪失感に襲われる。単に楽しみの一つがなくなったというだけではなく、自分とカインの間で順調に育まれてきた「なにか」の一部が損なわれたような心もとなさ。タイミングが悪いとはこのことか。

いっそ自分の方から誘ってみようかと思ったものの、「はしたない女だと思われて、軽蔑されたらどうしよう」と考えると、やはり一歩が踏み出せない。以前のようにカインが水を向けてくれたなら、「じゃあこの日に行きませんか」と提案することはできるのだが、相手がなにも言っていないときにビアトリスの方から申し出るのは、やはりどうにも抵抗がある。

（……仕方ないわね、なるようにしかならないわ）

別に二人でどこかに出かけなくても、毎日こうして会っているわけだし、デートの誘いがなくなったくらいでそこまで気に病む必要はない。今のぬるま湯のような関係はビアトリスにとって心地いいし、しばらく現状維持が続くのは、かえって都合がいいとさえ言える。

ビアトリスはそんな風に考えて、気持ちを切り替えることにした。

そして演奏会から数日経ったある日の昼休み、実に意外な人物がビアトリスのもとを訪ねてきた。

「お願いです。どうか助けると思って、生徒会に入っていただけませんか？」

のっけから無茶な要求を突き付けてきたのは、現生徒会長、マリア・アドラーその人だ。マリアはかつてアーネストに心酔してビアトリスを敵視していたこともあったが、ある事件をきっかけにアーネストへの思いを吹っ切り、ビアトリスに対して謝罪した。現在二人は比較的良好な関係を保っているといっていい。

マリアの話によれば、なんでも前会長のアーネストが抜けたことで、生徒会業務がかなり滞っているらしい。早く新メンバーを入れたいのだが、適当な人材が見つからないとのこと。

「生徒会のバランスから言って、新しいメンバーは伯爵以上の高位貴族で、なおかつ成績優秀者が理想なんです。だけど私やウィリアムの知り合いは平民ばかりだし、レオナルドの知り合いは騎士団系の脳筋ばかりだし、シリルは一応秀才で名門侯爵家ですけど、人望がゼロを通り越してマイナスに振りきってますから、以前の知り合いからも徹底的に避けられているみたいなんですよ」

「そうなんですか……」

「ええそうなんです。あの眼鏡、ほんっとうに使えないったらないですよ！」

シリルに対してやけに辛辣なのは、以前マリアが怪我をしたときの一件が尾を引いているのかもしれない。

「そういうわけで、ぜひ公爵令嬢で学年首位の！　ウォルトンさんにお願いできないかと思った次第です。以前手伝っていただいたので、即戦力でもありますし！」

「申し訳ありませんが、お断りします」

　ビアトリスが即答すると、マリアはがっくりと肩を落とした。

「そうですか……そうですよね……。ええ、分かってたんです。私がウォルトンさんにこんなこと頼むのは図々しいって」

「いえ、そういうことではなくて、アーネスト殿下が生徒会をやめた原因である私が、入れ替わりで生徒会に入るというのは、色んな意味で差しさわりがあると思うので」

　ビアトリスは慌てて「マリアが不快だから断っているわけではない」ことを強調したが、マリアは力なく項垂《うなだ》れたままだった。

　愛らしい目元にはうっすらと隈《くま》ができており、トレードマークのストロベリーブロンドも心なしかパサついているように思われる。

「あの、生徒会長のお仕事ってそんなに大変なんですか？」

「想像以上に大変です。私は特待生として成績を保たなきゃまずいのに、こんなに忙しいんじゃ奨学金を返上する羽目になるかもしれません」

「それは困りましたね……」

　言いながら、ビアトリスはかつて生徒会を手伝ったときのことを思い返した。

　当時生徒会長だったアーネストは、笑顔でてきぱきと各自に仕事を割り振って、一人ひとりに合わせて細かく指示を出しながら、自身も多くの書類仕事を片付けていた。

　アーネストは優秀な青年ではあるが、けしてカインのような天才ではない。そんな彼がシリルと首位を争いながら、生徒会長としての業務を行い、王太子としての公務もこなしていたのである。彼の涼しげな笑顔の陰に、どれほどの苦労があったのだろう。

（そういえば、あの方は昔からとても努力家だったわね）

ビアトリスへの態度は褒められたものではなかったにせよ、ああいう真摯な姿もまた、間違いなくアーネストの真実ではあるのだろう。


結局見かねたビアトリスが「私はお引き受けできませんが、一応他の方に声をかけてみることにします」と約束すると、マリアは礼を言って自分の教室に帰っていった。

とはいえこの間まで孤立していたビアトリスも、学内に友人などろくにいない。

伯爵令嬢で前回十一位のシャーロットに聞いてみたところ、「え、嫌よ」とにべもない言葉が返ってきた。同じく伯爵令嬢で前回三十二位のマーガレットからは「私は成績優秀者ってほどじゃないもの。あちらの条件に合わないわよ」と固辞された。

そこでビアトリスは最後の頼みの綱とばかりに、フィールズ姉妹が所属しているクラスの教室へと赴いた。彼女らの家は伯爵家だし、成績は前回三位と四位だったので、条件にはぴたりと当てはまっている。

妹のエルザは姿が見当たらなかったが、幸い姉のエルマは教室にいて、他の女生徒と談笑しているところだった。

「まあ、私が生徒会に？」

エルマはビアトリスの言葉に一瞬目を輝かせたものの、すぐに「すみません。放課後はピアノの練習があるので、やっぱり無理だと思います」とうつむいた。

「せっかく誘っていただいたのに、申し訳ありません」

「いいえ、忙しいのは分かっていたのに、私の方こそ無茶なお願いをしてごめんなさい。一応確認しただけだから、どうか気になさらないでちょうだい。ところでエルザにも一応確認したいのだけど、今どちらにいらっしゃるのかしら」

「えっと、それが」

エルマは困ったように視線をさまよわせてから、ひどく気まずそうに口を開いた。

「あの……エルザはメリウェザーさまとご一緒だと思います」

「カインさまと？」

「はい。あの子ったらこの前の演奏会以来、メリウェザーさまに憧れているみたいで、今も頻繁に会っているようなんです」

「まあ、そうなの」

——メリウェザーさまって本当にすごいんですね。あのアンブローズ・マイアルと一緒に弾いても全然引けを取らないんですから。

——本当ですか？　いいえ、お世辞でもすごく嬉しいです。いつか機会があったら、私もメリウェザーさまと。

あのときのエルザの熱っぽい眼差しと、カインの優しげな微笑がビアトリスの脳裏によみがえる。二人があのあとも会っていたなんて、ビアトリスはまるで知らなかった。

「あの、すみません。メリウェザーさまはビアトリスさまの……なのに」

「まあエルマったら、一体なにを言っているの。私とカインさまはただのお友達だもの。気を使っていただくことなんてなにもないのよ」

ビアトリスはさもおかしそうに笑って見せた。

「それじゃあ申し訳ないけど、エルザが帰ったら、もし生徒会に興味があるなら、私か他の生徒会役員に連絡するように伝えておいてもらえるかしら。やっぱり無理だということなら、そのまま放置してしまって構わないから」

ビアトリスはそう言付けて、彼女らの教室を後にした。

なんとなく自分の教室に戻る気になれず、ビアトリスはそのまま校舎内を歩き続けた。

カイン・メリウェザーとエルザ・フィールズ。

おそらく二人はこの前の演奏会をきっかけにして親しくなったに違いない。

　フィールズ伯爵家は双子の姉のエルマが継ぐ予定だから、妹のエルザはいずれどこかに嫁ぐことになる。エルザは可愛らしい上に優秀だし、カインとはピアノという共通の話題もある。客観的に見て申し分のない組み合わせだと言えるだろう。

（カインさまとは現状維持を望んでいたくせに、いざそれが叶いそうになったらショックを受けるなんて……馬鹿みたいね、私）

　いつの間にやらカインが傍にいて、支えてくれるのが当たり前になっていた。

　なにもしないでも与えられて当然だと思っていた。

　はしたないと思われるかも、などと言い訳をして、自分から近づく努力をしなかった。

　そのしっぺ返しがきたのだろう。

　いやむろん、先ほど得た情報だけで二人が付き合っていると決めつけるのは早計だ。

（だけどもし……もし本当に付き合うことになったとしたら）

　そうなったら、自分はどうしたらいいのだろう。

　胸の奥からどす黒い感情があふれ出しそうになったとき、ふいに足元に温かいものが触れるのを感じた。

「……まあ、オレンジ？」

　見れば猫のオレンジが、尻尾を立てて足元に身体を摺《す》り寄せている。闇雲に歩き回っているうちに、裏庭の外れまで来ていたらしい。

　しゃがみこんでオレンジ色の柔らかな毛並みにそっと指を這わせると、オレンジは自分の方からぐいぐいと頭を押し付けてきた。気持ちがいいのか、ごろごろと喉を鳴らす音も聞こえる。

しばらく無心で撫でているうちに、少しずつ気持ちが静まってきた。

（……もし本当にカインさまとエルザが付き合うことになったとしたら、友人として祝福するしかないわよね）

本当に二人が付き合うことになったら、彼らに変な気を使わせないように、笑顔で二人を祝福しよう。

今後ほかの誰かに「メリウェザーさまはビアトリスさまのものなのに」的なことを言われることがあっても、自分とカインは友人であり、それ以外の感情を持ったことなど一度もないと言い張ろう。

間違っても二人の幸せに暗い影を落とす存在にはならないように気を付けよう。

――ビアトリスさまは、今まで過去問がないから効率的な勉強ができなかっただけで、本来ならトップで当然の方だと思います。

マリアに不正疑惑を言い立てられたとき、大人しいエルザが震える声で抗議してくれたことを覚えている。

ビアトリス・ウォルトンにとってエルザ・フィールズは大切な友人だ。

誰と誰が付き合おうと、それが変わることはない。

「……おかげで少し落ち着いたわ。ありがとう、オレンジ」

ビアトリスが撫でながら礼を言うと、オレンジは「どういたしまして」と言わんばかりににゃあおんと鳴いた。


その後ビアトリスが教室に戻ると、マーガレットとシャーロットがぎょっとしたように目を見開いた。

「ど、どうしたの？　なんだか死人みたいな顔色だけど」

「ううん、別に何でもないわ」

「そうは見えないけど……生徒会役員の件はどうなったの？」

「エルマからは断られたわ。やっぱりピアノの練習があるから駄目だって。エルザの返事はまだ聞いていないけど、条件が同じだから多分駄目だと思う」

「そうなの……もしかして、それでそんなに落ち込んでるの？　ビアトリスってそんなにマリア・アドラーと仲良かったっけ」

「ビアトリスは責任感が強いから、生徒会があんな風になったのは自分のせいだって思いつめてるんじゃない？」

「まあ、そうだったの。元気出してよビアトリス、私も知り合いに頼んでみるから。家が伯爵以上で、成績優秀者ならいいのよね？」

「私も役員探しに協力するわ。だからそんなに落ち込まないでよビアトリス」

「ありがとう、二人とも本当にありがとう」

ビアトリスは思わず涙ぐんでしまい、ますます二人を慌てさせた。

本当に、なにをやっているのだか。

その後なんとか午後の授業をやり過ごしたビアトリスは、友人たちとのお喋りもそこそこに、公爵邸に帰宅した。

そして自室で思う存分に落ち込む予定だったのだが、なぜか早々に父に呼び出される羽目になった。執務室に来たビアトリスに対し、父は改まった口調で言った。

「ビアトリス、実はお前に縁談が来てるんだ」

第七章 ビアトリスの縁談

「ナイジェル・ラングレーさまですか」

　名前だけは知っている。ラングレー侯爵家の当主で、年齢は確か三十二歳。婚約者を病で亡くし、その後はずっと独身を続けていたらしい。これといった良い評判も悪い評判も聞かない人物である。

　ただ特筆すべきことがあるとすれば、王妃一派に取引先をつぶされたウォルトン家が、新たな取引先として選んだ相手が、他でもないラングレー家であることだ。

「ああ。なんでもお前が叔母上に連れまわされて色んな茶会に出席していたころに、お前を見初めたんだそうだ」

「そうなのですか。お茶会でご紹介を受けた記憶はありませんが」

「彼は茶会に出席していたわけではなく、別の用事で知人のアンダーソン家を訪問しているときに、夫人と歓談しているお前を見かけたらしい。そして夫人からお前の話を色々聞いているうちにぜひ伴侶に得たいと考えるようになったんだとか」

　アンダーソン夫人のお茶会には何度か参加したことがある。そのうち二度は庭園で行われていたので、その際ラングレー氏が窓越しにビアトリスを見かけたとしても、別段不自然な話ではない。

「それで一応お前の意見を聞いておこうかと思ってね。ただあらかじめ言っておくが、彼がウォルトン家と取引関係にあることを、お前が気にする必要はないよ。これは対等な取引であって、別になんらかの恩恵を施されているわけではないからな。受けるも断るも完全にお前の気持ち次第だ」

「そういうことでしたら、お気持ちはありがたいのですが、お断りしてください。まだ殿下との婚約を解消したばかりで、そんな気持ちにはなれませんので」

「そうだな。それにお前にはあのメリウェザー家の青年がいるしな」

父はしたり顔でうなずいた。

「お父さま、カインさまと私はそんな関係ではありません」

「今はそんな関係ではなくても、いずれはそうなるのだろう？　私も彼なら賛成だよ。あの晩お前を送ってきたときに一度会ったきりだが、なかなか感じのいい青年だったし、家柄能力ともに申し分ない」

「いいえ、あの方と私の間には本当になにもないんです。将来について約束したこともありませんし、あの方には私の他にも親しくしている女性がいらっしゃいますし」

「そうなのか……」

父は虚をつかれたような表情を浮かべた。

「そうか……。てっきり若い娘らしくはにかんでいるのかと思っていたが、本当にそんな仲ではなかったんだな」

「はい」

「……それで、ラングレー侯爵との縁談は本当に断ってしまっていいんだな？　年は少し離れているが、家柄的には釣り合うし、なかなか立派な風采の人物だ。一度会うだけ会ってみても悪くないとは思うがな」

「いいえ。私自身にその気がないのにお会いするのは、ラングレーさまに失礼ですから」

「そうか、分かったよ。それでは先方に断りの連絡を入れておこう」

「はい。お父さま、お手数おかけします」

「なに、美人の娘を持った父親の仕事だよ、これは」

冗談めかして言う父に、ビアトリスもつられて微笑んだ。

そんな風にして、この縁談話は始まる前に消滅し、ラングレー氏はビアトリスの人生にほとんど痕跡をとどめることなく退場した、はずだった。

まさかナイジェル・ラングレーという名が自分にとって忘れえぬほどにおぞましいものになるなんて、そのときのビアトリスはまるで想像もしていなかったのである。

案の定というべきか、エルザ・フィールズが生徒会入りを受けることはなかった。ピアノの練習があるのは彼女もエルマと変わらないのだから当然である。

しかしマーガレットが紹介してくれた別の生徒に話を持ちかけてみたところ、幸いなことに快く承諾してくれたため、マリア率いる新生生徒会はなんとか定員を確保することができた。おかげでビアトリスはマリアから「ありがとうございます！　この御恩は一生忘れません！」という大仰な感謝を受けることになった。

自分ではなくマーガレットに言ってほしいと伝えたところ、彼女にも礼を伝えたらしく、あとでマーガレットが「なんだか素直すぎて気持ち悪いわ」と酷いことを言っていた。

さらにウィリアムがアーネスト謹製の効率的な生徒会業務の指南書を本人から入手してきたこともあり、生徒会の運営はようやく軌道に乗り始めたらしい。

シリルいわく「いやぁ、このままだとマリアが発狂するんじゃないかと冷や冷やしてたんでほっとしましたよ」とのこと。

ビアトリスはこれまで通りあずまやでカインとお喋りを続けていたが、エルザとの一件について自分から口に出すことはなかった。

エルザはもともとビアトリスの友人である以上、「そういえば、最近カインさまってエルザと親しくしてらっしゃるんでしょう？」とさりげなく尋ねても別段不自然ではないと思うが、口にしようとするたび喉になにかが詰まったように、言葉が出なくなってしまうのである。

その一方で、カインがエルザの名を口にすることもなかったが、なにかを言い出そうとして言い出しかねているような雰囲気を時おり感じることはあった。

ビアトリスはさっさと引導を渡してほしいと思いつつも、やはり決定的な言葉を耳にするのが恐ろしくて、結局そのままになっていた。

マーガレットやシャーロットとの間では、近いうちに行われる王家主催の舞踏会が頻繁に話題にのぼるようになった。

シャーロットは婚約者のヘンリー・オランドからドレスを贈ってもらう予定とのことで、今からそわそわしているし、マーガレットも「ジェイムズさまはダンスが苦手なのだけど、私と踊るために頑張って練習してくださったんですって」と嬉しそうに報告してきた。

二人の幸せそうな顔を見ていると、ビアトリスまで幸せのお裾分けをもらえるようで、なんだか嬉しくなってくる。

（カインさまはどうなさるのかしら）

カインから舞踏会の予定について今まで聞いたことはない。カインもビアトリスと同様に欠席するとばかり思っていたが、もしかするとエルザをエスコートして出席する予定なのかもしれない。

いっそ二人で仲良く参加してくれたなら、ビアトリスも吹っ切れるのにと思いつつ、やはり

「カインさまは舞踏会はどうなさるんですか?」と尋ねることはできなかった。

我ながら不甲斐ないにもほどがある。


そんな風に不安な思いで日々を過ごしていたある日のこと。マーガレットが神妙な顔つきで問いかけてきた。

「ねえビアトリス、舞踏会のことなんだけど、貴方は参加しないのよね?」

「ええ、そうよ。前からそう言っているじゃない」

ビアトリスは怪訝な思いで返答した。

以前はよく二人から「メリウェザーさまに申し込まれたらどうするの?」などとからかい混じりに訊かれたものだが、最近になってビアトリスが「私とカインさまはそういう関係じゃないのよ」と繰り返しきっぱり否定したために、ここしばらくはその手のやり取りも交わされていない。

おそらく彼女たちなりに、なんとなく察するものがあったのだろう。

それなのに、今さらどうしたのだろうか。

「そうなの……」

「なあに、一体どうしたの?」

「ううん、ビアトリスがナイジェル・ラングレーさまのパートナーとして舞踏会に参加するという噂を聞いたものだから、ちょっと気になったの」

「ナイジェル・ラングレーさまと？　いいえ、そんなことあるわけないわ」

ラングレー氏からは以前縁談を申し込まれたが、すぐにお断りしたはずである。もうとっくに縁が切れたはずの名前が、なぜここで出てくるのだろうか。

ビアトリスが困惑していると、シャーロットも「まあ、ナイジェル・ラングレーさまの件なら、私も聞いたことがあるわ」と口をはさんだ。

「ビアトリスとナイジェル・ラングレーさまとの縁談が進んでるって」

「え、なんですって？」

「お母さまから聞いたのよ。私はそんなはずないって言ったのだけど、お母さまはこれは確かな筋からの情報だって、そればっかり。ビアトリスとナイジェルさまは、お父さまのお仕事の関係で知り合ったとか、非公式には以前からお付き合いがあったとか、ひそかに思いあっていて、今度の舞踏会に一緒に参加する予定だとか……ねえビアトリス、それって本当の話じゃないわよね？」

「お申し込みがあったのは事実だけど、すぐにお断りしたわよ？」

ビアトリスが言うと、シャーロットは「まあ、そうなの」と安堵の表情を浮かべた。

「なあんだ、事実ならなんで教えてくれないんだろうって、正直ちょっとショックだったわ」

「私もよ。ビアトリスはちゃんとお断りしたはずだって、教えてくれた相手に伝えておくわね」

マーガレットも言い添える。

「ええ、お願い」

ビアトリスはそう答えながら、なんともいえない薄気味の悪さを覚えていた。

(縁談はちゃんとお断りしたはずよね……？)

とうに終わったはずの話が蒸し返されて、おかしな形で独り歩きしている。これは果たしてなにを意味しているのだろう。


帰宅してから父に確認したところ、断ったのは事実だが、ラングレー氏はその後も諦めずに、「一度だけでも会ってもらえないか」としつこく申し込んできていたらしい。

「あの男はよほどお前が気に入ったんだろうな。舞踏会についても、決まった相手がいないのなら一緒に参加したいと言ってきたよ」

「もちろんそちらもお断りしてくださったのですよね？」

「ああもちろんだ。お前に訊くまでもないと思っていたからこちらで断っておいたよ。それでなにがどうねじ曲がってそんな噂になったものやら」

「誰かが意図的に広めている、ということはないでしょうか」

「ラングレー氏本人が、ということか？　外堀を埋めて既成事実化してしまうつもりだとしたら悪質だな。いっそ取引を解消してしまうべきか」

「いえ、そこまでする必要はありませんわ。別にあの方が流していると決まったわけではないし、大して実害はないのですから」

ビアトリスは慌てて否定した。

気味が悪いのは事実だが、ただでさえ父に迷惑をかけているというのに、「薄気味が悪い」という程度の理由でそんなことまでしてもらうわけにはいかない。

実のところ、独身のラングレー氏と付き合っているというのは別に醜聞ではないし、被害というほどのことはない。噂のせいで他の縁談が来にくくなることはあるだろうが、今のビアトリスにとって、むしろその方が好都合だ。

周囲から変に誤解されるのは不愉快だが、すでに友人たちには分かってもらえた。他に誤解を解きたい相手と言えば——

（カインさまはご存じなのかしら）

カインからこの件についてなにか問われたことはないが、だからといって聞いてないとは限らない。デリケートな話題なだけに、あえて触れないようにしているとも考えられる。

こちらから話題に出して、きちんと否定するべきか。

とはいえカインとビアトリスは別に付き合っているわけではないし、「私はあの方とは付き合っていないんです」とわざわざ伝えては変に思われるかもしれない。そもそもカイン自身はビアトリスが誰と付き合おうと気にしないかもしれないし——

「ビアトリス、本当に大丈夫なのか？」

父の心配そうな声が、ビアトリスを思考の海から掬《すく》い上げた。

「ええ、大丈夫ですわ、お父さま」

「それならいいが、辛いようならいつでも言いなさい。私に心配かけまいとして、一人で抱え込んだりしないようにな」

父はそう言ってビアトリスの肩を叩いた。


執務室を辞したあと、ビアトリスは自室に戻らず中庭に出た。これといった目的があるわけではなく、単なる気分転換だ。

さわさわとこずえを鳴らす夕暮れの風が心地いい。

ビアトリスは散策を楽しみながら、改めて先ほどのやり取りを思い返した。

（それにしても、お父さまは本当に変わられたわね）

父はかつてビアトリスの必死の訴えを軽い調子であしらって、ビアトリスを失意のどん底に叩き落としたことがある。

――まあ聞きなさい、私にも覚えがあるんだが、若いときはちょっとしたことでこじれたりすれ違ったりするものだ。相手の思惑を大げさにとらえて、ひどい人だと思い込んでしまったりな。

――私はこれでも人を見る目はあるつもりだが、アーネスト殿下は真面目で誠実で、少し厳しいところはあるにせよ、根は大変優しい方だと思うよ。

あのときは家族にまで見捨てられた気持ちになって、床に崩れ落ちそうになるほど辛かった。しかし今の父はビアトリスと真摯に向き合って、その思いを懸命に汲《く》み取ろうとしてくれているようだった。

おそらく父は本気でアーネストの一件を反省し、かつての自分から決別しようとしているのだろう。

（……それに引き換え、私はなにをやっているのかしら）

ごく自然に、そんな気持ちが内側から湧きおこった。

うじうじと悩み続けてなにも行動しないのは、まるでかつてのビアトリス――あずまやで一人泣いていたころのビアトリス・ウォルトンに戻ってしまったようではないか。

前向きに学院生活を楽しむと決めた自分は、アーネストやカインに「君は変わった」と言われて喜んでいた自分は、どこに行ってしまったのだろう。

（……決めたわ。明日カインさまに会ったら、私からラングレーさまの話題を出して、きちんと否定しておきましょう）

変に思われるかもしれないが、それはもうそのときだ。

ついでに舞踏会の予定も聞いてしまおう。

そしてエルザについても聞いてしまおう。

そして付き合っていると言われたら、思い切り泣いて、きっぱりすっぱり諦めよう。

それからマーガレットとシャーロットに打ち明けて、思う存分慰めてもらおう。

失恋記念にあのタルトのお店に行って、全種類制覇に挑戦してみるのもいいかもしれない。きっと二人は呆れながらも付き合ってくれるに違いない。

（とにかく全ては明日だわ）

ビアトリスはそう自分を鼓舞した。


翌日。勢い込んであずまやに向かってみたものの、いざ本人を目の前にすると、やはりどうにも気後れがする。おまけに今日のカインは妙に暗い顔をして、なにやら会話もぎこちない。

カインは体調が悪いみたいだし、やっぱり明日にした方がいいのでは？

胸の奥からそう囁きかける声がする。

その誘惑に流されてしまいたくなるが、ここで訊かなければ、また悶々と悩む時間が増えるだけだ。

ビアトリスはついに意を決して口を開いた。

「あの、カインさ――」

「ビアトリス、聞きたいことがあるんだが」

両者同時に声を発して、互いに顔を見合わせる。

「すまない。先に言ってくれ」

「いいえ、カインさまが先に質問なさってください」

ビアトリスが促すと、カインは深刻な表情を浮かべて言った。

「ちょっと噂で聞いたんだが……君が王宮舞踏会にナイジェル・ラングレー氏と出席するというのは本当なのか？」

「え？　いいえ、そんな予定はありません」

「そうか……。いや、違うならいいんだが。噂を聞いたものだから」

「そのデマには私も困っているんです。私とラングレーさまとの間で縁談が進んでいるとか、私とラングレーさまがひそかに付き合っているとか、そういうのは全て根も葉もない作りごとですから。ラングレーさまと私は、直接顔を合わせたことすらないんです」

ビアトリスが言い切ると、カインは「そうか。デマか……」とあからさまに安堵の表情を浮かべた。

（カインさまはほっとしているの？　私がラングレーさまと付き合っていないと分かったから？）

一瞬で世界が色を変え、輝き始めたような高揚感。

カインの反応は、「そういうこと」を意味していると期待してもいいのだろうか。

「それなら、どこからそんなデマが流れたんだろう。君はなにか心当たりはあるか?」

「心当たりと言うか、ラングレーさまとの縁談があったのは事実です。しかしすぐにお断りしました。何故こんな噂が流れたか分からなくて、なんだか気味が悪いんです」

ビアトリスは今回の経緯を洗いざらい打ち明けた。

「父は外堀を埋めるためにラングレーさまが流した可能性を考えているんですけど、それはそれで不自然な気がして……。だって私はその方とはお話ししたこともないんですよ? 一目見ただけの相手にそこまで執着するなんて、普通ならあり得ないでしょう?」

「あ、ああ、そうだな。普通ならあり得ないよな、普通なら」

カインはなぜか困ったように目をそらした。

「とはいえ君は美人だし、絶対にあり得ないとも言い切れないだろう。……ところで、君の方の話はなんだったんだ?」

「いえ、大したことではないんですが、カインさまの王宮舞踏会のご予定についてうかがいたいと思いまして」

「舞踏会は参加しない予定だった。うちの人間は基本的にあの手の行事は参加しないし、おまけに最近ちょっと親族関係でごたごたしてて、それどころじゃなかったからな。……ただ、今回の件で気が変わったよ」

カインは改まった調子で言った。

「厄介な噂を打ち消すには、別の噂で上書きするのが一番だ。——ビアトリス、もしまだ舞踏会のパートナーが決まっていないなら、俺に君をエスコートさせてくれないか」

「カインさまが、私を?」

「いや無理にとは言わない。俺にエスコートされるのが不本意なら、はっきりそう言ってほしい」

「いえ、そんなことはありません。ただ……」

「ただ?」

「あの、最近カインさまはエルザと親しくしているとうかがっているので」

「エルザ嬢と?　いや、最近彼女と会っていたのは事実だが、あれはそういう艶っぽい話じゃないんだ。……実はあのメアリー・ブラウンに関することで色々あって、エルザ嬢にはその連絡役になってもらっていたんだよ」

「まあメアリー・ブラウンの?　……そうだったのですか」

カインの言葉に、演奏会で見かけた謎めいた女性のことを、今さらながらに思い出す。

カインは「もっと詳しいことを知っていそうな親族に問い合わせてみる」と言ったきり、まるで続報がなかったので、ビアトリスとしてはほとんど忘れかけていたのだが。

「ああ。実はあのあとエルザ嬢を介して、メアリー・ブラウンの方から俺に連絡を取ってきたんだよ。それでまあ、色々あって……実はさっき言った親族関係のごたごたも、メアリー・ブラウンのことが発端なんだ」

意外すぎる打ち明け話に、ビアトリスとしては「そうだったんですか」と目を丸くするよりほかにない。

「なんだかよく分かりませんけど、大変だったんですね」

「ああ、本当に大変だった。最近になってやっとなんとか収まったけどな」

カインは「思い出すだけで疲れる」と言わんばかりの表情で言った。

（……もしかしてデートに誘っていただけなかったのは、その親族絡みのごたごたとやらが原因だったのかしら）

そう考えると、一気に心が軽くなる。

「本当は君にも報告すべきだったが、フィールズ家にも関わることだからちょっと言いづらくてな。フィールズ夫人からも絶対に他言しないでほしいと頼まれていたし。まさかそのことが君に誤解を与えていたとは思わなかったんだ」

「それじゃ私が勝手にやきもきしていただけだったんですね……」

「やきもき、していたのか」

「はい」

ビアトリスがはっきりとうなずくと、カインは驚いたように目を見開いて、次の瞬間に破顔した。

ああ、この人の笑顔が好きだな、と思う。

他の誰でもない、カイン・メリウェザーの笑顔がとても好きだ。

「無駄にやきもきさせてすまない。メアリー・ブラウンの件は一応本人とフィールズ夫人の許可を取ってから話すよ」

「いえ、難しいなら無理に話していただかなくても構いません。そういう事情でエルザと会っていらしたと分かればそれで十分です」

なにしろ跡取り娘のエルマですら知らされていないことである。親族間の争いにつながったという点からしても、メアリー・ブラウンにまつわる秘密とは、よほど重大なことなのだろう。興味がないと言えば嘘になるが、一番知りたかったことはすでに分かった以上、それ以上求めるのは贅沢だともいえる。

「いや、俺が話したいんだ。この件には大勢の人間が絡んでいるが、一番深く関わっているのは他ならぬ俺自身だからな。カイン・メリウェザーに関することを、君にも知っていてほしい」

情熱を宿した深紅の瞳がまっすぐに自分を見つめている。

「……そういうことでしたら喜んで」

その熱で、今までの不安が全て溶けていくようだ。

「それからビアトリス、改めて君に申し込みたい。今度の王宮舞踏会で君をエスコートさせてほしい」

「そちらも喜んで、と言いたいところなのですが……私とカインさまが一緒に舞踏会に出席するのは、王家に対して障りがあるのではないでしょうか」

「創立祭の一件か？」

「はい。ただでさえ王家と因縁のある私が、同じく因縁のあるカインさまのパートナーになって出席するというのは、王家に対して喧嘩を売っているように見られるのではないかと心配なんです」

「確かにアメリアにとってはそうだろうな。しかし見方を変えれば、王家主催の舞踏会に出席するのは王家に対する恭順の証でもある。逆に君と俺がそろって欠席したうえで、後日……」

カインはそこで軽く咳払いした。

「……後日互いに絆を深めるようなことがあれば、かえって王家に対して含みがあるようにも取られかねない」

「つまり『王家に対して不服がある二人が、王家主催の舞踏会を示し合わせて欠席した』ように見られるということでしょうか」

「ああ。実際にメリウェザー家の人間が今までこの手の行事を欠席し続けてきたのは、王家に対する無言の抗議を示すためだからな。むろん表向きの理由は体調不良などの穏当なものだが、実質的にはメリウェザーの血を引く第一王子を死者にしたことに対する不服表明だし、王家の側も当然それは分かっている。だからパートナーが誰であれ、俺が出席することを王家は歓迎すると思うよ……まあ王妃はともかく、王家はな」

「確かに……私の王家に対する認識は王妃さまに偏りすぎていたのかもしれませんね」

ビアトリスは王妃教育でアメリア王妃とは頻繁に顔を合わせてきた反面、国王アルバートとは滅多に会う機会がなかったために、なんとなく王妃の姿勢がそのまま王家の姿勢を表しているような気になっていた。しかし当然のことながら両者は同じものではない。

ことに先代王妃アレクサンドラとその息子である第一王子クリフォードに対する思いは、アルバートとアメリアではまるで異なるものがあるだろう。

（それにしても、絆を深めるだなんて……カインさまったら随分と持って回った言い方をなさるのね）

カインが言っているのは取りも直さず二人の婚約ということだろう。そこまで言うなら今この場で申し込んでくれたらいいのにと思うが、やはり彼なりのこだわりがあるのかもしれない。

「殿方って意外とロマンティックな演出が好きなのよ」と言ったのはシャーロットだったか。そういうところはいかにも年相応な感じがして、なんだか可愛らしいと思ってしまう。

「ですが今まで抗議のために欠席していたのだとしたら、今回カインさまが出席することに対して、親族の方は反対しないのですか？」

「するかもしれないが黙らせる。もう八年も経っているわけだし、この件はいい加減片を付けるべきだからな。俺が方針を決めた以上は、祖父も反対しないと思う。――そういうことで、どうだろう」

「分かりました。喜んで舞踏会でのパートナーをお受けします」

「じゃあ当日迎えに行くよ。……それから舞踏会が終わったあと、君に大切な話がある。いやメアリー・ブラウンの件じゃなくて、もっと個人的な話なんだが」

「個人的な話、ですか」

「ああ、君と俺のごく個人的な話だ。ただしウォルトン家とメリウェザー家のことも絡んでくるかもしれないが」

「了解いたしました。家同士のことも絡むごく個人的な話ですね。どんなお話なのかまるで見当もつきませんが、当日楽しみにしています」

あえてぼかした形で言うカインに、ビアトリスも素知らぬふりで言葉を返す。

そしてあまりの白々しさに、顔を見合わせて噴き出した。

ひとしきり笑いあったあと、カインが小声でつぶやいた。

「……なんだか、このまま君を離したくないな」

「え？」

「なあビアトリス、このまま二人でさぼってしまわないか？　たまにはこういうのも学院生活のいい思い出になると思うよ」

いたずらっぽく囁かれて、一瞬、流されてしまいたくなる。

二人で学院を抜け出して、今までずっと行き損ねていたデートをする。

それは考えただけでもなんとも魅力的な提案だ。

とはいえ、やはり優等生ビアトリス・ウォルトンとしてはそう簡単に流されるわけにはいかない。

「いけませんわ、カインさま。学院生徒である以上、授業はちゃんと受けるべきです。天才のカインさまもちゃんと受けてくださいませ」

「分かったよ。君は本当に真面目だな」

そういう彼の声は本当に愛おしげで、「そういう部分も含めて好きだ」と暗に語っているようだった。

「それじゃ、また明日」

「ええ、また明日」

教室へと向かう足取りが軽くて、そのまま踊り出したいほどだった。

心が弾む。

辛かった日々は終わりを告げて、あとはもう楽しいことばかりが起きるような気がしていた。

そのときは。

第八章　波乱の王宮舞踏会

教室に入ったビアトリスは、さっそくマーガレットたちにカインと王宮舞踏会に参加することになった旨を報告した。

マーガレットは「なぁんだ、やっぱりメリウェザーさまと参加するんじゃないの。ビアトリスったら、あんなに否定していたくせに」と呆れたような声を上げ、シャーロットは「これでやっと収まるべきところに収まったわね……って言ってもいいわよね？　今度こそ」とからかうように確認してきた。

「いいえ、良くないわよ。だってまだ収まっていないもの……多分もうすぐだと思うけど」

ビアトリスが小声で付け加えると、二人はくすくすと笑いだした。

「それにしてもあんなに必死に否定していたのは一体なんだったの？」

「そうよ。なんだか深刻な顔をしていたし、もしかしたら駄目になってしまったのかもって本気で心配してたのよ？」

「ちょっとした行き違いがあったのよ。私自身本当にもう駄目になってしまったと思っていたの。だけど私の勘違いだったみたい」

「まあ、人騒がせな話ねえ」

「でもビアトリス、メリウェザーさまのことはそれでいいとしても、王家とのいざこざについてはもういいの？　メリウェザーさまにパートナーを申し込まれても、舞踏会には参加しないだろうって言ってなかった？」

「そのことについてはカインさまとも話し合ったのだけど、大丈夫だろうってことになったのよ。……というか、参加しないならしないでそちらの方が問題がありそうなので、それなら参加した方がいいって話になって」

「ふうん、よく分からないけど、とにかく三人そろって婚約者と共に舞踏会に参加できるってことね！」

　マーガレットが笑顔で宣言した。

　帰宅して父にもカインのパートナーとして舞踏会に出席すること、彼に親しい女性がいると思っていたのは自分の勘違いだったことを伝えたところ、父もまた大いに祝福してくれた。父いわく「お前はもう誰とも結婚しないのかもしれないって、スーザンに手紙で知らせようかと思っていたところだ」とのこと。

　ちなみに父自身はもう何年も舞踏会に参加していない。メリウェザー家のように王家に遺恨があるからではなく、パートナーである母のスーザンが病弱であるがゆえである。それでも若いころは毎年一緒に参加したものだよと言って、久しぶりに当時の思い出話を語ってくれた。

　それから舞踏会までの数日間、ビアトリスは友人たちと当日のドレスやアクセサリーの話題に花を咲かせた。

シャーロットが婚約者から贈られるドレスを着ていく予定であることは以前から聞かされていたが、マーガレットも同様であるらしい。

「ドレスは大分前から用意していたのに、照れくさくて『ドレスを贈るよ』ってなかなか言い出せなかったそうなの。今頃になっていきなり言われても困ってしまうわ」

マーガレットはそう口を尖らせたが、とても幸せそうだった。

ちなみにカインもドレスを贈りたがっていたが、さすがに今からでは仕立てが間に合わないので諦めてもらった。ただ次の機会には絶対贈らせてほしいとのこと。

その言葉が今後もパートナーとして夜会に出席することを暗に示しているようで、なんだかとてもくすぐったい。


そしていよいよ当日になり、ウォルトン公爵邸にパートナーのカインが迎えに来た。正装姿のカインはあの創立祭以来である。

あのときはゆっくり眺める余裕などなかったが、こうして改めて目にすると水際立った美貌がまぶしいほどだ。

一方のカインもまた、着飾ったビアトリスに見惚れているようだった。

ちなみに今日のビアトリスのドレスは赤紫色である。最近仕立てたドレスの中に、ちょうど赤を基調としたものがあったので、今日はこれを着ていくことに決めたのだ。

（だってカインさまの色と言えばやっぱり赤だものね）

「綺麗だ」

カインはビアトリスを一目見るなり感嘆するように言ってから、目を細めて「赤いドレスだな」と付け加えた。

「ええ、赤いドレスです」

「君は赤がよく似合うな」

「ふふ、ありがとうございます。実は自分でもそう思っていますの」

そしてビアトリスはカインと共に、舞踏会の会場である王宮へと赴いた。

自分に悪意を持っている王妃の本拠地へと向かうわけだが、ビアトリスはさほどの不安を覚えなかった。

アーネストの警告を忘れたわけではなかったが、今日は主だった貴族がこぞって集まる公的な場で、国王夫妻には主催者としての面目もある。いくら王妃といえど、そうそう嫌がらせもできないだろう。

また王妃の流した悪評をバーバラの助けであっさり解消できたことや、ウォルトン家の取引先に関する嫌がらせがあまりダメージにならなかったことなども、ビアトリスの「こんなものか」という気持ちに拍車をかけていた。

それに隣にはカインがいるし、会場にはマーガレットやシャーロットをはじめ、ビアトリスにとって親しい人間が大勢いる。彼らが一緒にいるのだから、なにがあろうと大丈夫。

——ビアトリスはそんな風に、高をくくっていたのである。


大広間に入ると、ビアトリスたちはさっそく主催者である国王夫妻のもとへ挨拶に行った。夫妻のビアトリスに対する態度は、いかにも無難で当たり障りのないものだった。

「まあ久しぶりね、ビアトリスさん。今日は来てくださって嬉しいわ」

アメリア王妃はいかにも如才なく、たおやかな笑みを浮かべて歓迎の言葉を口にした。その内側でどんな思いが渦巻いているのかと思うと、なんだかうそ寒い心地がする。

「やあ、久しぶりだね、ビアトリス嬢。赤いドレスがよく似合っているよ。今日はおおいに楽しんでくれたまえ」

国王陛下の態度からはかつての「未来の娘に対する親密さ」は影を潜めたものの、かといって冷淡でもない、ほどほどの親しみが感じられた。

一方、夫妻のカインに対する態度は、実に対照的だった。

王妃は「まあ、お父さまそっくりになっていらしたわねぇ！」という妙な含みを持たせた言葉をよこし、カインは、「ありがとうございます、今度父に伝えておきます」とすました顔で受け流した。

　国王アルバートは、かける言葉こそ型通りでありきたりのものだったが、その眼差しは奇妙に熱を帯びて輝いていた。自分が選ばなかったもう一人の息子に、なにか思うところでもあるのだろうか。

　対するカインはまるで気づいていないかのように、すました態度を崩さなかった。

（そういえば、カインさまの方は陛下のことをどう思ってらっしゃるのかしら）

　彼の親族が国王に対して反感を持っていることは聞いているが、カイン自身の国王に対する思いについては今まで聞いたことがない。

　王太子の座をアーネストに与え、自分を死者にした父親に対して、やはり複雑な思いがあるのだろうか。

　ビアトリスは横目でカインを見やったが、彼の端整な横顔からはどんな心理も読み取れなかった。

　夫妻への挨拶を終えたあと、すれ違う知人たちと適当に挨拶を交わしつつ、ビアトリスはカインを伴ってマーガレットたちに合流した。

　シャーロットのドレスは鮮やかなエメラルドグリーンで、彼女の黒髪によく映えていた。マーガレットのドレスはサーモンピンクで、明るい彼女にぴったりだ。

　いずれもそれぞれの個性を生かしてよく似合っており、贈った人間の彼女らに対する思いが伝わってくるようだった。もっとも当の婚約者らの前でその点を指摘するのはさすがに遠慮しておいた。からかうのは後日のお楽しみである。

ちなみにビアトリスの衣装に関しては、「まあ、赤いドレスなのね」「ええ、赤いドレスなの」という端的なやり取りが交わされた。

誰も赤紫とは言わないあたりが、実に心得たものである。

友人たちと歓談している間中、ビアトリスは周囲からの視線を常に感じた。皆がカイン・メリウェザーにエスコートされるビアトリス・ウォルトンを見て囁きを交わしているようだった。

「ほら、あれがビアトリス嬢よ。王太子殿下と婚約解消したっていう」

「一緒にいるのはメリウェザー辺境伯のご子息だね」

「創立祭のダンスパーティで倒れた彼女を助け起こしたんでしょう？　物語みたいにドラマティックね」

「だけどビアトリス嬢はラングレー侯爵と付き合っているんじゃなかったっけ？」

「そちらはただの噂だったんだろ」

「そうだねぇ。あれこれ言われてたけど、一緒にいるところを見たことないしな」

「侯爵とのことは、ビアトリス嬢ご本人がきっぱり否定したって聞いているわよ。これは確かな筋からの情報なんだけど」

そんな声が漏れ聞こえてくる。

やがて楽団の演奏が始まった。

「行こう、ビアトリス」

「はい、カインさま」

差し出された手にそっと指先を重ねて、踊りの輪の中へと導かれていく。

予期した通りカインのリードは巧みで完璧だったが、それ以上に自分とぴったりと息が合っていることに驚いた。初めて踊るというのに、まるで百年も昔から一緒に踊っているかのようにしっくりとくる。

ビアトリスが思わず微笑むと、カインも微笑みを返す。楽しくて心地よくて、このまま永遠に踊っていたいほどだった。

そのまま二曲目、三曲目と踊り続けて、ようやく踊り終えたときには、周囲から盛大な拍手が沸き起こった。いつの間にやら会場中の注目を集めていたらしい。賞賛の声と共に「本当に素晴らしいカップルね」なんて声まで聞こえるのがなんだか少し面映ゆい。

ナイジェル・ラングレーとの噂を払しょくするという目的は、これで完全に果たされたことだろう。

壁際によって、カインが飲み物をとってくるのを待っていると、見知った愛らしい少女が、

「お二人とも素晴らしかったです」とおずおずと声をかけてきた。

「ありがとうエルザ、貴方も来ていたのね」

「はい。従兄にエスコートしてもらっています。先ほどのお二人のダンスは本当に見事で、思わず見とれてしまいました」

「ありがとう。カインさまのリードが上手かったからよ」

「いえ、ビアトリスさまも素敵でした。それであの……お願いがあるのですが」

「なにかしら」

「その、従兄はあまりダンスが好きではないので……図々しいのですが、その、一曲だけ、私もメリウェザーさまと踊りたいのです」

エルザはいつもの内気そうな笑みを浮かべていたが、その声音にはどこか必死な響きがあった。

ビアトリスが口を開こうとした瞬間、飲み物を手に戻ってきたカインが代わりに返答した。

「エルザ嬢、すまないが、今日は初めてビアトリスと参加した記念すべき日だし、最後まで彼女のパートナーを務めるつもりなんだ」

言われたエルザはあきらかにがっかりした表情を浮かべている。ビアトリスは思わず口をはさんだ。

「カインさま、そうおっしゃらずに、どうぞ踊っていらしてください。私は少し疲れたので、あちらで休んでいますから」

「しかし……」

「私もちょうどカインさまが踊っているところを傍から見たいと思っていましたの。お二人のダンスを拝見するのが楽しみですわ」

ビアトリスが熱心に勧めると、結局カインはためらいながらも、エルザを伴って広間の中央に戻って行った。二人の後ろ姿を見送りながら、ビアトリスはそっとため息をついた。

エルザ・フィールズとの関係について、カインは「あれはそういう艶っぽい話じゃないんだ」と言っていたし、実際その通りなのだろう。彼のことだから変に思わせぶりな態度をとることもなかったはずだ。しかしエルザの方はカインに対してひそかに憧れを抱いていたのではなかろうか。

なにも考えずに浮かれていたことに罪悪感が襲ってくるが、これればかりはどうしようもないことだ。

一曲だけ、とエルザは言った。

彼女はおそらくこれを最後の思い出にして吹っ切るつもりなのだろう。

(少なくともタルトの全種類制覇よりは、ずっとロマンティックな終わらせ方よね)

ビアトリスがそんなことを考えていると、ふいに耳元で笑いを含んだ声がした。

「パートナーを自分から譲ってしまうなんて、随分と寛大なのですね」

思わず取り落としたグラスが、音を立てて砕け散る。振り向くと、すぐ近くに見知らぬ男が胡《う》乱《ろん》な笑みを浮かべて立っていた。

年は三十前後だろうか。中肉中背。茶色い髪に緑の瞳。会ったことはないものの、その特徴が当てはまる人物に、ビアトリスは一人心当たりがあった。

顔をこわばらせるビアトリスに、相手は楽しげに笑みを深めた。

「ああ、貴方にとっては初めまして、なのですね。以後どうかお見知りおきを。私はナイジェル・ラングレーと申します」

第九章　ナイジェル・ラングレーの杯

給仕が割れたグラスを片付けるのを待ってから、ナイジェルは愛想良く言葉を続けた。

「どうも、驚かせてしまったようで申し訳ありませんね。ドレスにはかかりませんでしたか？」

「いいえ、大丈夫です。お気遣いありがとうございます」

「では改めて自己紹介させてください。私はナイジェル・ラングレーと申します。お父さまとは良い取引をさせていただいております」

「初めまして、ビアトリス・ウォルトンです。父からお名前はかねがねうかがっております。こちらこそ良い取引をさせていただいて感謝しております」

ビアトリスは型通りの挨拶を返した。どうにも胡散臭い男だが、一応ウォルトン家の取引先である以上、礼を失するわけにもいかない。

「それにしても先ほどのお嬢さんは勇敢でしたね。自分から男性にダンスを申し込むなんてなかなかできるものじゃありません」

「立ち聞きしていらしたのですか？」

「貴方に声をかけるタイミングを見計らっていたら、聞こえてしまったのですよ」

「そうですか。それは失礼なことを申し上げました。では、私はあちらに知り合いがおりますので——」

「まあお待ちください。ほんの少し、ほんの少しだけ私とお話ししていただけないでしょうか」

「お話、とおっしゃられても」

「ああ、警戒なさるのも無理はありません。私と貴方のおかしな噂のことでしょう？　あれは私の友人が勝手に広めたもので、私の本意ではないのです」

　ナイジェルはいかにも心外だ、と言わんばかりに悲しげに顔をゆがめて見せた。

「婚約者を亡くしてずっと生ける屍のようだった私が、ようやく恋をしたというので、応援したいと張り切って暴走してしまったようなのです。もうやめるようにときっちり言い渡しておきました。それに貴方にはもうお似合いのパートナーがおられるようですから、私のような年寄りの出る幕はありませんしね」

「そうなのですか」

　どこまで信用していいかも分からないまま、ビアトリスは当たり障りのない相槌を打った。

「ところで先ほど貴方はなぜパートナーをお譲りになったのですか？　わざわざ彼を後押ししておられましたね」

「疲れたのでしばらく休みたかったのと、彼が踊るところを外から見たかったからですわ」

「それは表向きの理由でしょう？　——当ててみましょうか。あの女性は貴方のパートナーに恋をしていた。しかし貴方から奪うつもりはなく、ただ最後の思い出に貴方のパートナーと踊りたがっていた。だから貴方はその気持ちを汲んで、パートナーに彼女と踊るように勧めた、違いますか？」

「全く違いますわ。随分とおかしな妄想をなさるのですね。私の友人たちについて勝手にあれこれおっしゃるのはやめていただけますか？　不愉快です」

「どうかお怒りにならないでください。今のはほんの前振りです。言いたいのは私自身のことなのです」

「貴方ご自身？」

「ええ、そうです。ビアトリス嬢、どうか私と一曲踊っていただけないでしょうか。望みがないと分かった以上、私もこれを最後の思い出にして、貴方への思いを吹っ切ることにいたしますので、どうか哀れな男の思いを汲んでいただきたいのです」

「……申し訳ありませんが、それはお受けできません」

「そうですか。分かりました。残念ですが、これ以上無茶は申しますまい」

ナイジェル・ラングレーは意外なほどあっさりと引き下がった。なにか企んでいるのではと思っていたが、警戒のしすぎだったのだろうか。

しかしいずれにしても、ダンスに応じられないことに変わりはない。ここで彼と踊っては、噂を払しょくするためにカインと参加したことが無意味になってしまうだろう。

「そうだ、先ほど私のせいで飲み物を落としてしまいましたね」

ナイジェルはそこに通りかかった給仕の盆からひょいとグラスを二つ取ると、一つをビアトリスに差し出した。

「せめてダンスの代わりに、私と乾杯してください」

「分かりました」

それを断るのは、さすがにためらわれるものがある。

「それでは、一つの恋の終わりに」

ナイジェルが芝居がかった仕草でグラスをあおるのに合わせて、ビアトリスもグラスに口を付けた。

口に含み、飲み下す瞬間、微かに妙な味がした。

「どうかなさいましたか？」

「いえ……」

「ところで先ほどの話なのですが、私の友人はまだ貴方と私を結びつけるのを諦めていないようなのですよ」

「困った方なのですね」

「ええ、本当に困ってしまうほどに世話好きな人でしてね。貴方もご存じだと思いますが」

「私が？」

「ええ、貴方もよくご存じの方ですよ。幼いころから何度もお会いになっているでしょう？」

そういうナイジェルの顔が、ふいにぐにゃりとゆがんで見えた。

「おや、もしかしてご気分でも？　妙に頭がくらくらしてきたりしましたか？」

「いいえ……大丈夫です……」

「ああ、やはりご気分が優れないようですね。どうか無理をなさらず、あちらに行って休みましょう」

ナイジェルが近寄ってビアトリスの腕をとった。振り払おうとするものの、まるで力が入らない。

あのグラス。

奇妙な味。

いや、まさかそんなはずはない。

だってナイジェルは給仕から受け取ったグラスを、そのままビアトリスに差し出したのだ。その過程で何かを入れる機会など――

（つまりあの給仕は最初から？）

――だから私が責任をもって、貴方に次のお相手を紹介してあげようと思うのよ。

朦朧《もうろう》とする意識の中、どこかで王妃の笑い声が聞こえたような気がした。

半ば抱えられるように広間から連れ出され、どこかへ導かれていくのが朧《おぼろ》げに分かった。逃げなければと思うのに、手足が重くて振り払うことができない。まるで泥沼の中でもがいているようなもどかしさ。

朦朧とした意識の中、ビアトリスはふと、手の中にある硬質なものに気が付いた。

(これは……グラス？)

先ほど自分で飲み干したグラスを、無意識のうちに握り込んでいたのだろう。

やがてどこかの扉が開かれ、部屋に連れ込まれそうになった瞬間、ビアトリスは渾身の力を振り絞って、グラスを握ったままのこぶしを扉の枠に叩きつけた。

手の中でグラスが砕け、破片が手のひらに突き刺さる。

鋭い痛みに、意識が一気に覚醒した。

「離し……っ」

足を踏みしめ、振り払って逃げようとするも、ナイジェルはそのまま力ずくでビアトリスを部屋に押し込んで、長椅子の上に放り投げた。


「なんてことを……手を見せてください」

ナイジェルは後ろ手にドアを閉めると、ビアトリスの方に大股で近づいてきた。

「近づかないで！　……私から離れなさい」

ビアトリスは何とか身を起こし、割れたグラスをナイジェルに向けて突き付けた。破片を握り込んだ手のひらがずきずきと痛む。

まだ頭がぼうっとするものの、意識は先ほどとは比べ物にならないほどにしっかりしていた。

「怪我の手当てをするだけですよ、なにを警戒してらっしゃるのですか？」

「いいえ、貴方は王妃さまに私を犯して結婚に持ち込むように命じられているのでしょう？

……王妃さまがウォルトン家の取引先をつぶしたのは、うちを困窮させるためではなく、手先である貴方を私に近づけるためだったんですね」

思えば最初から、全てつながっていたのだろう。

王妃の圧力で従来の取引先をつぶされたウォルトン家。

そこに新たな取引先として名乗りを上げるナイジェル・ラングレー。

そのナイジェルがビアトリスを見初めたと言って求婚。

ビアトリスは断るものの、実家の取引先である以上、そこまで邪険にあしらうこともできない。

そして――

ビアトリスは奥歯を噛みしめた。ラングレー家が王妃とつながっているという話は今まで聞いたことがないし、かつての王太子争いでも中立だったと聞いている。バーバラから提供されたリストの中にも彼の名前はなかったはずだ。

とはいえ裏で個人的につながっている可能性は当然にあったわけである。彼の勧めで王家の給仕が持ってきた飲み物を口にするとは、我ながら迂闊にもほどがある。

「ラングレーさまは、王妃さまになにか弱みでも握られているのですか？　こんな犯罪行為、とても侯爵家の当主がなさることとは思えませんが」

「弱みだなんて、ただ恋に狂っているだけですよ。どうか私の思いを信じてください」

「とても信じられませんわね。私をアンダーソン夫人のお茶会で見初めたとのことですが、そのとき私が着ていたドレスは何色でしたか？」

「それは……私は貴方自身の美しさに一目ぼれしたのですから、ドレスの色なんて些末なことはいちいち覚えておりませんよ」

ナイジェルは笑顔で答えたが、いかにも言い訳がましかった。

「王妃さまの計画では、貴方が薬で眠っている私を犯し、適当な時間をおいてから、私たちが抱き合っているところを誰か外部の人間に発見させる、といったところでしょうか」

王宮の一室で、裸で抱き合う未婚の男女。むろん騒ぎにはなるだろうが、以前から噂になっていた二人のこと、誰もが「恋人同士が羽目を外した」と納得して終わりになるだろう。そしてビアトリスは、ナイジェルに嫁ぐより他に選択肢がなくなる。

「シナリオが狂ってしまって残念でしたわね、ラングレーさま」

「貴方の目が覚めてしまったのは予定外ですが、まあ些細なことですよ」

ナイジェルは苦笑を浮かべ、ビアトリスに一歩近づいた。

「当初の予定よりも労力を使うことになりますが、私も男ですからね、どうと言うことはありま

せん。むしろ貴方にとって気の毒なことになりました。眠っている間に全て終わってしまった方が、よほど幸せだったでしょうに」

「私に指一本でも触れた場合、私は貴方を告発します」

「おやおや、そんなことをしたら世間から何と言われるかご存じですか?」

純潔を奪われた令嬢が人前に出て、当時のことをあれこれ話そうものなら、どんな扱いを受けるかはビアトリスとて知っている。

また王妃が流した噂には、「ビアトリス・ウォルトンは男にだらしなくて虚言癖がある」というのもあった。バーバラの協力で噂はいったん沈静化したが、なにかきっかけがあれば再び燃え上がることだろう。

またなんとも周到なことである。

「構いませんわ。全て法廷でお話しします。貴方が『友人』について語ったことや、王宮の給仕から受け取った飲み物で急に気分が悪くなったことも全て。……信じない人もいるでしょうが、信じる人も多いでしょうね。公的な裁きがどうなるにせよ、どちらも無傷ではいられませんわ。貴方も王妃さまも、みんな地獄に道連れです」

「……はったりですね。そんな恐ろしいこと、貴方のような若い令嬢に耐えられるわけがありません」

「そう思われますか? 自慢ではありませんが、私、悪評には慣れておりますのよ」

ビアトリスは傲然と顎をあげて微笑を浮かべた。

「それに父と兄は私を溺愛していますから、私を傷つけた男をつぶすためなら全面戦争も辞さないでしょう。私の婚約者のカイン・メリウェザーだって同じことですわ」

ちなみにこちらははったりである。父と兄からそれなりに愛されていると思うが、ウォルトン家の名を危険に晒してまでビアトリスと共に戦ってくれるかどうかは分からない。カインに至っては、そもそも婚約すらしていない。

しかし今はそんなことを気にすべき時ではなかった。

「そうなったら、貴方の後ろ盾である王妃さまの立場もどうなるか分かりませんわね。なにがあっても守ってもらえるなどと思わないことです。――ラングレーさま、どんな弱みを握られているのか存じませんけど、王妃さまの指示に従うことが本当に割に合うのかどうか、ようくお考えになるべきだと思いますわ」

ビアトリスは明瞭な口調で言い切った。

ナイジェルはそれ以上近づいて来ない。

どうすべきか判断しかねているのだろう。

少し経つとまた頭がぼうっとしてきた。

薬物の影響に加えて、貧血を起こしかけているのかもしれない。

しかしこのまま意識を失ってしまえば全て終わりだ。

ビアトリスは破片を強く握りしめて、なんとか意識を保ち続けた。

膠着《こうちゃく》状態が続く中、ふいにドアをダンダンと叩く音がした。

「ビアトリス！　そこにいるのか？　ビアトリス！」

「カインさま、助けてください！」

ビアトリスの返事に応えるように、扉を打ち破る音がする。

（来てくれた……）

視界に鮮烈な赤が映った瞬間、ビアトリスは安堵のあまり、そのまま意識を手放した。

第十章　カインの告白

瞼を開くと見慣れた天蓋が目に映った。

いつものベッドにいつもの寝室。

外からは小鳥の鳴きかわす声がする。

(今、何時かしら……)

おそらくまだ夜が明けたばかりだろう。

起き上がろうとしてベッドに手をついた瞬間、手のひらにずきりと痛みを覚えた。

この痛みはなんだろう。

確か昨日は舞踏会に行って、カインと踊って、それから――

「お嬢さま！　気が付かれたのですか？」

侍女のアガサの声に、ビアトリスは王宮であったもろもろの出来事を思い出した。

あの後。朦朧とした意識の中、手のひらに応急処置を施され、カインに送られて家に帰ったことをぼんやりと覚えている。そして従僕の手で自室のベッドに運ばれて、そのまま眠ってしまったのだろう。

「大丈夫ですか？　ご気分は？」

「大丈夫よ、ただ少し頭が重いみたい」

「すぐにお医者さまを呼んでまいります！」

ほどなくして、ウォルトン家お抱えの医師が姿を現した。ビアトリスも幼いころから診てもらっている老医師だ。

医師はあれこれ質問したのち、使われた薬の候補をいくつか挙げて、「いずれにしても、すぐに頭痛は治まるでしょう。後遺症などもありませんよ」と請け合った。

ちなみに手のひらの傷も大したものではなく、この分なら痕も残らないだろうとのこと。

その後医師と入れ替わるようにして、父が部屋を訪れた。

「その……大丈夫か、ビアトリス」

父は痛ましげな顔で問いかけた。

「大丈夫ですわ、お父さま」

「……なにがあったのか訊いてもいいか？　大体の事情は察しているが、お前の口から聞いておきたいんだ。辛いようならまたにするが」

「いいえ、今お話ししますわ、お父さま」

ビアトリスはナイジェル・ラングレーから声をかけられて以降のことを、かいつまんで説明した。父は静かに耳を傾けたのち、「酷いことだが、未遂で済んで本当に良かった」と息を吐いた。

「あいにくあの卑劣な男には逃げられたそうだ。今からなにか言っても鉄壁のアリバイを用意しているだろうと、メリウェザー君が言っていた」

「そうですか……」

　おそらくカインはビアトリスを助ける方を優先して、彼を取り逃がしてしまったのだろう。

「腹立たしいことだが、未遂で済んだ以上は下手に騒ぎ立てない方がいいだろうな。お前の評判に傷がつくし、それに――」

「はい。王宮の者が絡んでいる以上、申し立てても認められることはないと思います」

「そうだな……。それにしても、まさか王妃がここまでやるとは思わなかった。すまないビアトリス。ラングレーを引き入れてしまったのは私の落ち度だ」

「いえ、私の油断が招いたことですから」

「そうだな、お前にも落ち度はある。むろんお前をエスコートしていたメリウェザー君にもな。我々は皆油断していた。未遂で済んだことは本当に幸運だったと思わねばならない」

「はい」

「だからビアトリス、お前は学院を辞めて、結婚まで公爵領で暮らしなさい」

「はい？」

「王都にいる限り、どこに王妃の手の者がいるか分からない。王宮には近づかなくても、どこか別の場所で同じ目に遭う可能性がある。公爵領に行けばさすがにそんなことはないはずだ。王妃の方も、目障りなお前が王都から消えれば、そのうち関心を失うかもしれない」

「お父さま、私はちゃんと卒業まで学院に通いたいんです」

「聞き分けなさい、ビアトリス。お前の気持ちは分かるが、なにかあってからでは取り返しがつかない」

父は淡々とした口調で言った。

「……まあ、急に言われても納得できないのは無理もない。しかしはっきり言っておくが、私にはそれが最良の選択だと思う」

父が部屋を去ったのち、ビアトリスはただ呆然とベッドの上に座り込んでいた。


午後になって、カインが見舞いに訪れた。

カインはビアトリスを危険な目に遭わせたことについて土下座せんばかりに謝罪してから、昨日の顛末《てんまつ》をカインの側から語って聞かせた。

ダンスを終えて戻ってきたところ、ビアトリスの姿がどこにも見当たらなかったこと。

居合わせた知り合いに、ぐったりした様子のビアトリスがナイジェル・ラングレーに伴われて広間を出て行ったと教えられたこと。

知り合いによれば、ナイジェルは「彼女は気分が優れないようなので、救護室で休ませる」と周囲に語っていたこと。

救護室にビアトリスの姿は見当たらなかったこと。

クリフォード時代の知識をもとに、広間の近くで「そういうこと」に使われる可能性のある部屋を片っ端から当たったこと。

そしてついにビアトリスを見つけ出したこと。

カインは沈んだ表情のビアトリスに、「すまない。やっぱりショックだよな」と頭を下げた。

「いいえ、そういうわけではないのです。もちろん恐ろしかったのは事実ですけど、結局なにもなかったわけですし。ただ……」

「ただ？」

「父に学院を辞めるように言われました」

「なんだって？」

「王都にいてはまた同じ目に遭うから、王妃さまの手の届かないところに行った方がいいと。父の言うことは分かるのですが、私は最後まで皆と一緒に通いたかったので、それが少しショックなんです」


――マーガレットさま、シャーロットさま。一緒にお昼をいただいてよろしいかしら。

昼休みに勇気を出してマーガレットたちに声をかけ、そこから始まったビアトリスの学院生活。

あれからの日々はビアトリスにとって、かけがえのないものだった。

むろん卒業後も友人付き合いは続けたいと思っているが、それでも一緒に通って笑いあった日々は、きっと生涯の宝物になるだろうと信じていた。それがまさか、こんな形で断ち切られてしまうとは――

カインはしばらくの間無言のまま、うつむくビアトリスを見つめていたが、やがて意を決したように口を開いた。

「ビアトリス」

「はい」

「大丈夫だ、君は退学する必要なんかない」

そして怪訝な表情を浮かべるビアトリスに、優しく微笑みかけた。

「アメリアをつぶそう」

「つぶす？」

「ああ。破滅させて、力を封じて、もう二度と君に手出しをできないようにする」

「……そんなことができるのですか？」

「できる。こちらにはあの女の知らない切り札がある。――メアリー・ブラウンのことを、後で話すと言っていただろう」

「はい」

唐突に出てきた名前にとまどいながら、ビアトリスはとりあえずうなずいた。

「彼女の本名はグレイス・ガーランド。ガーランド伯爵家の末娘で、ピアノが得意な腕を買われて、同じくピアノ好きな母の侍女をやっていた。グレイスは十七年前、アメリアに命じられて国王陛下に偽の証言をしたことを、心から悔いているそうだ」

「偽の証言というのは、まさか」

「そのまさかだよ。彼女はアレクサンドラ王妃と赤毛の護衛騎士を二人きりにしたことがあると国王の前で証言したんだ。しかし実際には母は一度たりとも護衛騎士と二人になったことはないそうだ。グレイス・ガーランドは実家の弱みをアメリアに握られていて、従わざるを得なかったと言っている」

「そうだったんですか……」

ビアトリスはあまりのことに眩暈《めまい》がした。

――彼は王子なんかじゃないわ。護衛騎士の子よ。ねえ、私が髪の色だけでこんな風に言っているなんて思わないでちょうだいね。ちゃんと侍女の証言もあるし、他にも色々とね。

あのときアメリア王妃が言っていた「侍女の証言」とは、王妃自身がでっち上げたことだったのである。

「証言のあと、アメリアは監視を兼ねてグレイス・ガーランドを自分の侍女に抜擢した。グレイスは言われるままにアメリアに仕えていたものの、王家をたばかり、正統な王位継承をゆがめたことが恐ろしくてたまらなかったそうだ」

カインは話を続けた。

そんな折、メリウェザー辺境伯が証言をした侍女を探しているという噂を耳にするようになり、それと同時にグレイスの周辺で不可解な出来事が頻発した。突然上から物が落ちてきたり、階段に滑りやすい液体が撒かれていたり。

口封じに殺されるのではと恐ろしくなったグレイスは、結局そのまま失踪することを選択した。そして身分を隠して市井で暮らしていたものの、慣れない下町暮らしに身を持ち崩して、しまいには救貧院の世話になっていた。そこにたまたま慰問に訪れたフィールズ夫人が彼女を発見したのである。夫人はかつてグレイスと同じピアニストに師事していたことがあり、グレイスとは姉妹弟子の関係だった。

もっともグレイスは長年の貧乏暮らしですっかり老け込んでいたために、フィールズ夫人も最初は分からなかったという。しかしグレイスが院に寄付されたピアノを弾いているのを耳にして、その音色から彼女の正体に気が付いた。そして何があったのかを問いただした上で、自分の家に来て娘たちにピアノを教えることを彼女に提案したのである。

「当初グレイスは今の境遇は自分の罪の結果であると言って断ったんだが、フィールズ夫人は『王太子の座が決まる前にクリフォード殿下は病気で亡くなったんだから、貴方のしたことは王位になんの影響も及ぼさなかったし、そこまで気に病むことはない』と彼女を説得したそうだ」

「だから彼女はカインさまを見てあんなに怯えていたんですね」

――まさかそんな、生きておられたのですか、クリフォードさま。

それはグレイスにとって青天の霹靂《へきれき》だったことだろう。

第一王子クリフォードが生きているとすれば、表向き亡くなったことにされたのは、穏当な方法で「不貞の子」を追放するためだったとしか考えられない。そこでグレイスは改めて己の罪深さを思い知り、ショックで卒倒したのである。

「それじゃもしかして、親族関係のごたごたというのは」

「一族の年寄り連中の中には、この件を世間に公表して、王太子の座を要求しろと言う強硬派がいたんだよ。おさえ込むのに苦労した」

カインは軽く肩をすくめて見せた。

「彼らの気持ちも分からないではないんだが、俺はもう王太子の座に未練はないし、これ以上王家と揉めるのは避けた方がいいと思っていた。あえて過去を蒸し返さずに、全てそのままにしておこうとな。しかしこうなった以上、話は別だ」

カインの赤い瞳がふいに剣呑《けんのん》な光を帯びる。

「幸いグレイス本人は俺に償えるならなんでもすると言っていることだし、独立系の新聞社で洗いざらい証言してもらうつもりだよ」

「この件を公表するのですか？」

「ああ。世間で騒ぎになれば、王宮からも正式に調査が入る。国王を欺いて王位継承をゆがめたとなれば、さすがのアメリアも一巻の終わりだ。ああ、もちろんフィールズ家には迷惑がかからないようにするから安心してくれ。グレイス・ガーランドは今までどこぞの修道院にでも潜んでいたことにしよう。うちが援助している修道院で協力してくれるところはいくらでもある」

「ですが……」

「なにか、まだ気になることでもあるのか」

「はい。この件を公表した場合、アーネスト殿下の立場はどうなるのでしょう」

「アーネスト？」

「はい。この件が世間の知るところとなれば、王太子の座にも影響が出るのではないでしょうか」

「俺は別に継承権を主張するつもりはないぞ？　さっきも言った通り、もう王座に興味はないからな。くれると言っても辞退する」

「それは分かっております。しかしアーネスト殿下の手にした王太子の座が汚い手段によるものだと分かれば、殿下とてただでは済まないのではないでしょうか」

むろん過去の一件はアメリア王妃がしたことであり、当時生まれてもいなかったアーネストにはなんの責任もないことである。しかし国王を欺いた大罪人アメリアからその「成果」を取り上げるためにも、王家はアーネストを廃嫡せざるを得ないのではないか。

世間はそれを望むだろうし、貴族間でも今アーネストの周囲には味方が少ない状況だ。カインが固辞したとしても、アーネストの従兄が代わってその座に就くだけではないのか。

そうなったら、アーネストはもう立ち直れまい。

「それは……仕方のないことだろう。王太子の座は本来アーネストのものではなかったんだ」

「分かっております。しかしアーネスト殿下は王太子になって以来、その立場にふさわしくあるために、必死で研鑽《けんさん》を積んでこられたんです。それなのに、今になってその努力が全て無になってしまうのは、あまりにも……。なにかもっと穏便な方法はないのでしょうか。例えば王妃さまにグレイス・ガーランドの存在を知らせて、もうこちらに手を出さないように警告するとか」

「それは甘い考えだ。警告なんてしたら、グレイス・ガーランドが殺されるだけだ。事情を知っている俺や君にも刺客が来る。いや、もしかしたら犯罪がでっち上げられて社会的に葬られるかもしれない。ことがことなだけに、あの毒蛇は死のもの狂いでつぶしに来るぞ。この件は一気呵《いっきか》成《せい》にやるしかないんだ」

「分かりました……。それでもやはり公表は控えてください」

「それじゃ、どうしろというんだ」

「なにもなさらないでください。お気持ちだけで十分です」

「君は学院を辞めることになってもいいというのか」

「はい。残念ですが、仕方のないことだと思います」

「……ビアトリス」

カインは今まで聞いたことのないような、ひどく冷たい声で言った。

「君はもしかして、まだあいつに心を残してるのか？」

一瞬なにを言われているのか分からずに、頭の中が真っ白になる。

心を残している？

自分が、アーネストに？

「……まさか！　あの方に対しては、もうそんな思いはありません」

「自覚がないだけじゃないのか？　自分を犠牲にしてまで、あいつの王太子の座を守りたいというのは、尋常じゃないように思えるよ。繰り返すが、もともとアーネストは王太子になるべき立場ではなかったんだ。あいつが王太子でなくなったところで、本来のあるべき立ち位置に戻ったに過ぎないんだぞ？」

「別に私は、なにがなんでもアーネスト殿下が王太子であるべきだと思っているわけではありません。例えばカインさまが本心から王座に就くことを望んでいて、そのために公表なさるのであれば、私は反対いたしません。それはカインさまの正当な権利ですし、私が口を出すことではありませんから。しかし私の学院生活のために公表するというのは、やはり違うと思うのです」

己を守るために、他人を犠牲にしなければならないときは存在する。ビアトリスとて、アーネストとの婚約を解消するために、容赦なく彼を踏みつけた。良心が痛まないではなかったが、それでも当時のビアトリスにとってあれは唯一の選択肢だった。

しかし今回はそうではない。学院を辞めて領地に引きこもることはとても残念だが——それでも、耐え難いというほどではない。

「私のアーネスト殿下に対する個人的感情と、あの方に対する評価は全く別の問題です。私はアーネスト殿下が王太子として真摯に努力してこられたのを知っています。そしてその努力は、あと一年と少しの私の学院生活よりも尊重されるべきだと思うのです。別にあの方に対する個人的な好意や執着で言っているわけではありません」

ビアトリスは必死でそう主張した。しかしどこまで彼に伝わっているのか、心もとなく感じられた。

実際のところ、ビアトリスがアーネストに執着しているように見えるなら、カインが怒るのは当然である。カインを巻き込みあれほどの騒動を引き起こしておきながら、今更アーネストに心を残しているとしたら、共犯者となったカインとしてはやっていられない話だろう。

ビアトリスの言葉に、カインはなにも答えなかった。

そのことがまた、ビアトリスの不安をかき立てる。

(私に失望しているのかしら)

そう考えた瞬間、背筋に冷たいものが走り、初めてアーネストを怒らせたときの恐怖がまざまざと胸によみがえった。


――君は自分が偉いと思っているのか？

地を這うような低い声。

優しかったアーネストの豹変。

二人の穏やかな関係は、あの日を境に崩壊した。

カインとも、こうして終わってしまうのだろうか。

こんな形で、彼を失ってしまうのだろうか。

今改めて考えてみても、この件を公表するのは正しいこととは思えない。

しかしカインを失うかもしれないと思うと、胸を締め付けられるような痛みを覚える。

一人あずまやで泣いていた自分を引き上げてくれた特別な人を、こんな形で――


「……すまない。馬鹿なことを言った」

視線を上げると、カインは苦笑を浮かべていた。

その柔らかな表情に、一気に身体が弛緩《しかん》する。

そこにいるのはいつものカイン、初めて会ったときから変わらないカイン・メリウェザーその人だった。

「君が正しいよ、ビアトリス。俺はアーネストの努力とやらはよく知らないが、学院で再会したとき昔と比べて成長しているのは感じたし、その陰にはあいつなりの努力があったんだろう。それを簡単に踏みにじるのは確かに褒められた話ではない。それにアーネストはアメリアの件について、君に警告までしてくれたことだしな。……俺はアーネストに嫉妬して、冷静な判断ができなくなっていたようだ」

「嫉妬、ですか」

「ああ。好きな女性が他の男のことばかり気にしていたら、嫉妬するのは当然だろう？」

好きな女性。

カインはさらりとそう口にした。

「情けないな。本当はもっと格好良く告白するつもりで、あれこれ考えていたんだが……結局こんな形になってしまった」

「そんな、私の方こそ今までみっともないところを散々お見せしてきましたから。カインさまにもそういうところも見せていただいた方が安心します」

「そうか」

「はい」

「ビアトリス、君が好きだ。ずっと前から」

「私もお慕いしています、カインさま」

言葉は、ごく自然に、当たり前のように零れ落ちた。

それと同時に、温かいものが胸の奥からこみ上げてくる。

アーネストと別れて以来、誰かとそういう関係になることを、心のどこかで恐れていた。

また傷つけあうようになるのではという、漠然とした不安があった。

しかし今のビアトリスは、恐れも不安も感じなかった。

（カインさまとなら、大丈夫だわ）

行き違っても、ちゃんとこうして修復できる――ビアトリスはそう確信して、温かな幸福感に包まれていた。


それから二人はあれこれと今後のことを話し合った。二人の意思を双方の家にどんな風に伝えるかといった直近のことから、結婚後の遠い将来のことまで、あれこれと。

二人で将来の計画を練ることは、何とも言えないわくわくするような喜びがあった。

そして帰り際になって、カインは言った。

「ビアトリス、あの件は世間に公表しないことを約束する。しかしあの女をつぶす意思は変わらない。あの女が君に対してしたことについて、必ず相応の報いを受けさせてやる。だからそれまで、正式な退学はしないで待っていてほしい」

第十一章　町外れの会員制クラブ

アメリアに相応の報いを受けさせる。

そう決意したあと、カインが最初に行ったのは、動かせる限りの金をばらまき、持てるコネクションを総動員して、ナイジェル・ラングレーについての情報を集めることだった。

侯爵家当主ともあろうものが、なぜこんなリスクを冒してまで王妃の言いなりになっているのか。王妃にどんな弱みを握られているのか。

しかし案の定というべきか、彼と王妃との間にこれといったつながりは見つからなかった。王妃の実家であるミルボーン侯爵家とも同様である。

ナイジェル自身に関しても、侯爵という身分を別にすれば、さしたる特徴のない独身の貴族男性という評価に尽きた。

領地経営は管理人に任せきりで、もう何年も帰っていない。婚約者を亡くしたあとは特定の相手を作らず、ずっと独り身。趣味は乗馬とチェスという、貴族男性としてはありふれたもの。

ただあえて特徴を挙げるとすれば、そのチェスへの情熱が尋常ではない点だった。

「若いころは友人と金を賭けた勝負をして、何度か揉めたことがあります。それで仲間内には相手をしてくれるものがいなくなったとか。だから彼は数年前から王都の外れにある会員制クラブに通い詰めて勝負を楽しんでいるようですね」

情報提供者はクラブの場所として使われている屋敷のことを教えてくれた。まさかと思って調べてみると、屋敷のかつての所有者はミルボーン家の強い影響下にある男爵家だった。

(ただのチェスクラブではないのかもな)

金を賭けた勝負をやっている、一種の賭場のようなところなのかもしれない。王家の暗部に触れることも多いミルボーン家は、裏社会ともつながりがあると噂されている。

賭場の客を借金漬けにして弱みを握り、己の言いなりにするというのは、いかにもありそうな話である。

カインはさっそくクラブに潜り込むことを考えたが、その手のクラブの常として、入会には紹介者が必要だとのことだった。

紹介者探しは思いのほか難航したものの、最終的に意外な人物から伝手を得ることに成功した。誰あろう、ピアニストのアンブローズ・マイアルその人だ。

フィールズ家での合奏以来、アンブローズとはなんとなく交流が続いていたのだが、彼は「もしかしたら友人がそこの会員かもしれません」と知り合いの若手作曲家をカインに紹介してくれたのである。

その作曲家は以前から「インスピレーションを得るため」などと称して怪しげな界隈に出入りしている変わり種で、実際に会って話を聞いてみたところ、そこが賭博場であることを至極あっさり認めたうえで、「いいですよ、なんか面白そうですし」と喜んで紹介に応じてくれた。

「入会に当たって偽名を使いたいんですが、構わないでしょうか」

カインが問うと、「いやぁ別に構いませんよ。私も貴方の正体を知らなかったということにしますから」との返事。

「そのせいであのクラブに出入り禁止になっても、私は別に構いませんしね。しかしメリウェザーさまの外見は目立ちますから、別人に成りすまそうとしても、すぐに分かってしまうんじゃないですか？　なにか変装できそうな道具でもお貸ししましょうか」

「外見については大丈夫です。親族が支援している劇団の人間に協力してもらうことになっていますから」

作曲家はカインの返事に「そりゃあますます面白そうですね」と相好を崩した。


名前と姿を偽りクラブ内に潜入を果たしたカインは、やすやすとナイジェル・ラングレーと接触を果たした。そしてナイジェル本人や他の常連客と適当に勝負しながら情報収集を続けるうちに、ナイジェルに関する新たな事実を手に入れることができたのである。

チェスはそれなりに強いが、あくまで「それなり」のレベルであること。

時おり店の人間を相手にとんでもない額を賭けて大敗するが、いつも数日後にあっさりと賭け金を支払っていること。

いつも同じダイアモンドの指輪をはめており、興奮すると指輪を撫でまわす癖があること。

他の常連客の話によれば、ナイジェルはその指輪を非常に大切にしているらしく、一度賭け金の支払いで「その指輪でもいい」と言われた際には、血相を変えて拒絶したということだ。

一族に伝わる特別な指輪かとも思われたが、カインが見たところ、そこまで価値があるものとも思われなかった。

（考えられるとしたら、誰かの形見か。……もしかして）

カインは心当たりの人物について、さらなる情報収集を行った。そしてカインはナイジェル・ラングレーが王妃の走狗《そうく》に成り下がるまでに落ちぶれた、真の原因を理解したのである。

第十二章 ナイジェル・ラングレーの転落

ナイジェル・ラングレーが転落したそもそものきっかけは、最愛の婚約者、フランソワーズの病死である。

二人の婚約は家同士の政略によるものだったが、社交的でお調子者のナイジェルと、真面目で慎み深いフランソワーズは不思議なほどに馬が合い、周囲からは熟年夫婦と揶揄されるほどに親密だった。

このまま結婚して年を重ね、本物の熟年夫婦になるのだと信じて疑わなかった相手の突然の死。魂の片割れとも言うべき相手を失って、まだ成人したばかりだったナイジェルは荒れに荒れた。

朝まで深酒を繰り返し、賭け事で羽目を外し、相手かまわず喧嘩を売って、挙句に決闘騒ぎを起こす。業を煮やした両親から自由に使える金を制限されると、今度は友人たちから金を借りては踏み倒す。そんな放蕩の果てに行きついた先が、あの奇妙な会員制クラブだったのである。

それは町外れの屋敷を根城としており、漂う香や赤い緞帳《どんちょう》がいかにも秘密めかした雰囲気を醸し出していたが、入ってしまえばなんのことはないただのチェスクラブだった。ただ変わっているのは紹介者がいないと入会できないこと、そして勝負のたびに高額な金をやり取りしていることである。

誘ってきた男の「貴方ならすぐに稼げますよ」という言葉通り、ナイジェルはそこで瞬く間に連勝し、たっぷりと遊興費を手に入れることができた。

会員にはナイジェルのような高位貴族もいたが、富裕な商人や芸術家など、今まで付き合ったこともない階層の者たちも大勢いて、交わされる会話はなかなかに刺激的だった。

また無料で振る舞われる酒や煙草はどれも質のいい高級品で、経営者の趣味の良さを感じさせるものだった。やがてナイジェルは、すっかりそこの常連となり、両親が引退して爵位を継いだ後も、そのままクラブに通い続けた。

通い始めた数年間、収支はいつも黒字だったが、いつのころからか、ここぞという大勝負になると決まって大敗するようになっていった。取り返そうと勝負を仕掛け、さらに大敗して借金を重ねる悪循環。

それでも小さな勝負なら気持ちよく勝利できるので、一発逆転への希望を捨てきれないままずるずると続けているうちに、気が付けば屋敷も領地も抵当に入れられ、没落の恐怖が間近に迫って来た、まさにそのとき、救いの手を差し伸べてきたのが、他でもない王妃アメリアその人だった。

王妃の提案は彼女が借金を引き受ける代わりに、ナイジェルが「ちょっとした仕事」をするというもので、最初のうち、それは誰かを誰かに紹介したり、誰かを特定の場所に連れて行ったりという、至極他愛もないものだったため、ナイジェルは深く考えることなく王妃の要望に応えていった。やがてそれは少しずつ、少しずつ犯罪まがいの際どいものになっていき、やがて犯罪そのものへと変わっていった——

（それにしても、あの案件は無茶にもほどがあったけどな）

ナイジェルはつい最近請け負った「仕事」を思い出しながら、目前の駒を動かした。

思えば最初から——知り合ったばかりの男に「面白いクラブがあるんですよ」と誘いをかけられた当初から、何もかもが仕組まれていたのかもしれないが、ここまで来たらもはや後戻りする術もない。

道を誤りそうになるたびに、たしなめてくれたフランソワーズはもういない。

今のナイジェルにできるのは、せいぜい搾取する側に回ってやることくらいである。

「チェックメイト」

ナイジェルが宣言すると、相手はがっくりと項垂れた。

今日の対戦相手は、とある作曲家の紹介で入会したフィリップ・アーヴィングという青年で、なんでも隣国の田舎貴族であるらしい。目にかかるほどのもっさりした茶色の髪にあか抜けない服装、背中を丸めて隣国訛《なま》りで話す姿はいかにもさえない印象だが、金払いは抜群にいい。元は貧窮していたが、領地で良質な鉱山が見つかったことで、一気に富豪の仲間入りをしたと得意そうに語ってくれた。

指し方は単純そのもので、ここ数日間はクラブの常連客のいい鴨になっている。ナイジェルもご多分に漏れずしっかり稼がせてもらったが、何故か妙に懐かれてしまい、今日はすでにこれで三度目の対戦だ。

「どうしますか？　もう一勝負いたしましょうか」

ナイジェルが誘いをかけると、相手は「ええ、お願いします。負けっぱなしでは帰れませんから」と神妙な顔つきでうなずいた。

「ただよろしければ、対戦場所を変えたいのです。どうもこの雰囲気にのまれてしまって、調子が出ない気がするんです」

「構いませんよ。どこへでも」

ナイジェルは内心ほくそ笑んだ。敗北を環境のせいにするのは、弱い人間の常套句である。


移動した先は、王都でも指折りの名門ホテルの一室だった。フィリップは王都にいる間はここに滞在しているとのこと。

老支配人の立ち会いのもと、二人はさっそく勝負を始めた。フィリップの指し方は相変わらず単純でぎこちなく、ナイジェルは気持ちよく駒を進めることができた。

ところが予想に反して、勝ったのはフィリップの方だった。

「いやぁ、こんなことがあるものですね」

とまどいの声を上げるフィリップに、ナイジェルは思わず苦笑した。

どうやらたまたまフィリップが指した手が、意図したのとは違う形で上手くはまってしまったらしい。偶然に偶然が重なった、奇跡のような一局だ。

「いやいやお見事でしたよ。やはり環境を変えたのが良かったのでしょうね。ところでもちろんもう一勝負してくださるでしょう?」

「ええ、もちろんです」

二人は再び盤をはさんで向かい合った。

あんなまぐれは二度とない。次で全てを取り返す。そう意気込んでいたナイジェルだが、次の勝負もなぜかフィリップの勝利で終わった。その次も。またその次も。

いつも途中まではナイジェルの方が優勢なのに、終盤になると魔法のように、フィリップに有利な形が出来上がっているのである。

なにかおかしい、そう気づいたときはすでに手遅れだった。

「……負けました」

「では、これでラングレー家のタウンハウスも私のものになりましたね」

フィリップの楽しげな声に、ナイジェルの背筋に冷や汗が流れた。目の前の盤はすでに負けが決定しており、もはや挽回の余地はない。

もう一勝負、という気にもなれない。今自分が相手にしているのは、間違いなく一流のプレイヤー――いや、それを通り越した怪物だ。

「いや、その……タウンハウスについては、どうかご容赦いただけませんか?　あとで相場の二割増し、いや五割増しの金銭をお支払いしますので」

「申し訳ありませんが、私はあの館が欲しいのですよ。名門侯爵家が代々使っていた由緒あるタウンハウスがね。何しろ私はこの通りの成り上がり者ですから、その手の伝統に憧れがあるのだと、いつも申し上げているでしょう?」

フィリップの言葉に、ナイジェルは思わず歯噛みした。

ナイジェルが普段クラブで賭けるのは金銭であり、負けたときは支払いを待ってもらっている間に、アメリア王妃に立て替えてもらうのが常だった。

しかしフィリップは「名門侯爵家への憧れ」を理由に、いつも金銭よりもナイジェルの持ち物を欲しがった。そして相場よりはるかに高い値段をつけるので、ナイジェルの方も冗談半分に身の回りの品を賭けるのが癖になっていたのである。

そうしたところで、どうせナイジェルが勝つのだから構わないだろうと思っていた。これまでは。

(いっそ踏み倒してやろうか)

ふと、そんな考えが頭に浮かんだ。しかしこの勝負には老支配人が立ち会っている。彼は貴族籍こそないものの、名門ホテルのベテラン支配人だけあって、国の内外を問わず多くの貴族とコネクションを持っている。彼の口を封じるのは、ナイジェルや王妃の力をもってしてもなかなか難しいことだろう。

思い悩むナイジェルに、フィリップは意外な言葉を投げかけた。

「――とは言っても、親しい友人である貴方から屋敷を取り上げるのは、私も心が痛みます。そこで一つ提案があるのですが、よろしければ、このまま位置を入れ替えませんか？」

「……は？」

「位置を入れ替えて、改めて勝負いたしましょう。貴方が勝ったら、タウンハウスはお返しします。その代わり私が勝ったら……そうですね、タウンハウスに加えて、貴方がはめている指輪を私にいただけませんか？」

「この指輪を？」

ナイジェルは思わず指を押さえた。それは亡くなった婚約者、フランソワーズとそろいで作らせた物だった。

「ええ、いつも大切そうに着けてらっしゃるんで、前から気になってたんですよ。きっと一族に代々受け継がれてきた由緒ある品なのでしょう？」

「いえ、とんでもない。これはほんの十数年前に作ったもので、そんな大層な品ではありませんよ」

「それなら私にくださっても構いませんよね」

「申し訳ありませんが、これはちょっと」

「何か特別な思い入れでも？」

「いえ、そういうわけではないのですが……」

「まあどうしてもお嫌なら、もちろん無理強いはしませんよ。これはほんの思い付きですから。

それじゃタウンハウスは私の物、指輪は貴方の物ということで――」

「……待ってください！」

立ち上がりかけたフィリップを、ナイジェルは咄嗟に引き止めた。そして改めて、目の前の盤を見直した。

形勢は完全に定まっており、あと数手でチェックメイトだ。今からどうあがいたところで、ここから勝負がひっくり返るなどあり得ない。相手がなにを考えているのか知らないが、これは望外のチャンスと言えるだろう。

「……いいでしょう、お受けしますよ」

「では指輪を外して、ここに置いていただけますか」

「分かりました」

指輪を外した瞬間、言いようのない心もとなさがナイジェルを襲った。まるで愛する者を怪物の生贄に差し出そうとしているような、そんな――。

（大丈夫だ。たかが数分外すだけだ）

あとほんの数手で勝負は決まる。そうしたら指輪を取り戻して、タウンハウスに帰ればいい。

そして強い酒をしこたま飲んで、朝までぐっすり寝てしまおう。

ナイジェルは己にそう言い聞かせ、示された場所に指輪を置いた。

そして実際に、ほんの数手で勝負はついた。

「チェックメイト。では、これは私のものということで」

あっさりと逆転勝利したフィリップは、呆然とするナイジェルの目の前で、指輪をひょいと取り上げた。そしてためつすがめつ検分すると、拍子抜けしたような口調で言った。

「なんだ、本当に大したものではありませんね」

「え？　ええ、だから言ったでしょう？　大したものではないのです。だから――」

「では処分することにしましょうか」

「え？」

怪訝な声を上げるナイジェルに、フィリップは笑顔で言葉を続けた。

「ちょうど暖炉があることですし、火にくべてしまいましょう」

「え、あの、冗談ですよね？」

「本気ですよ。ダイアモンドが燃えるというのは本当かどうか、一度試してみたかったんです」

「いやそんな、ひどいことはやめてください！」

「私の物をどうしようが自由でしょう？」

「待ってください！　お願いします、燃やすくらいなら指輪を返し……ああああああっ」

取りすがろうとするナイジェルをひらりとかわし、フィリップは指輪を暖炉に叩き込んだ。

指輪はナイジェルの目の前で、炎に包まれ見えなくなった
絶叫し、両手を暖炉に突っ込もうとするナイジェルを、支配人が間一髪で押しとどめた。

「おやめください！　火傷します」

「離せ！　離してくれ！　指輪が……っ」

「もう無理です」

諭すように言われ、ナイジェルは床に崩れ落ちた。

目の前で、紅蓮の炎が燃えている。

まるで地獄の業火のように。

「婚約者がそんなに大切か。他の女性は平気で踏みにじる悪党が」

蔑みに満ちた声に顔を上げると、こちらを見下ろす深紅の瞳が目に映った。

いつの間にか彼の背筋は伸び、訛りは綺麗に消えている。

そしてナイジェルは唐突に、己が誰を相手にしていたのか理解した。


「立ち会いありがとう。あとは二人にしておいてくれ。大丈夫だ。このホテルに迷惑をかけるようなことはしないから」

「かしこまりました。何か御用の際はお呼びくださいませ」

支配人が一礼して部屋を出ると、カイン・メリウェザーは膝をついて、ナイジェルの顔を覗き込んだ。

「お前はもう婚約者のことなど、どうでもいいのではなかったのか？」

「……そんなわけが、ないでしょう」

「ではお前の婚約者は、お前がほかの女性を凌辱《りょうじょく》しても笑って許してくれるのか？」

カインの問いかけに、ナイジェルは思わず唇を噛んだ。

「天国のフランソワーズも、今のお前など願い下げだろう。指輪もお前に持っていられるより、火にくべられた方が幸いなのでは？」

「貴方に何が分かるんですか……」

ナイジェルとて、真面目で慎み深いフランソワーズが、今の自分をどう思うのか、まるで考えないわけではなかった。王妃から犯罪まがいの「仕事」を持ち込まれるたび、フランソワーズの顔がちらついて、断ろうとしたことだって、一度や二度ではなかったのである。

「私だって、好きでやっているわけではありません」

「ではやめればいい」

「簡単に言わないでください。今さら王妃を裏切ったらどうなるか」

最初は本当に「ちょっとした仕事」だったのが、少しずつ道を外れて、気が付いたときには後戻りできなくなっていた。今ナイジェルが王妃から離れようものなら、今まで彼がやってきた犯罪まがいのあれこれが、王妃との関連が念入りに消去されたうえで、大々的に公表されることだろう。

そうなれば、一族郎党地獄行きだ。

「あの女がなにもできないように、叩きつぶしてやればいい」

「そんなこと、できるわけがないでしょう」

「お前は何でも簡単に諦めすぎる」

カインは拳を突き出すと、ナイジェルの鼻先で手を開いた。

そこには失われたはずの指輪が、無垢な輝きを放っていた。

(それじゃ、さっき投げ入れたのは偽物か?)

ナイジェルが咄嗟に手を伸ばすも、カインはあっさりと引っ込めた。

「今のお前にこれを手にする資格はない。お前が自ら手放したのだから。——ただし、再び手に入れるチャンスをやろう」

カイン・メリウェザーは人を従わせることに慣れたもの特有の声音で言った。

「協力しろ、ナイジェル・ラングレー。アメリアを我々の手でつぶすんだ」

第十三章　王妃アメリアの断罪

アメリアはティースプーンで紅茶をかき混ぜながら、向かいに座るアルバートに告げた。

「アルバートさま、例の政策はあのまま進めてしまって大丈夫ですわ。反対派の方々は私が説得しておきますから」

「そんなことができるのかい？」

アルバートはカップをソーサーに戻すと、意外そうに問いかけた。

「ええ、反対派の中心人物はピアシー伯爵のようですから。あの方のお母さまとは多少付き合いがありますもの」

「そうか、ありがとう。アメリアは本当に頼りになるね」

「まあ、これくらい妻として当たり前のことですわ」

アメリアは優雅に微笑んだ。無邪気に喜ぶアルバートを見ていると、言いようのない誇らしさと幸福感で満たされる。

「それからアルバートさま」

「なんだいアメリア」

「ここ最近ずっとアーネストに対して冷たいような気がするのですけど、もしかして、まだあのことを気にしてらっしゃいますの？」

「……まあアーネストに失望したことは否定しないよ。なんと言っても、あれは王家に泥を塗ったわけだからね」

「お怒りはごもっともですが、そろそろ許してやってはいただけないでしょうか。前にも申し上げましたが、ビアトリス・ウォルトンは身勝手で底意地の悪い令嬢です。アーネストはあの通り潔癖なたちですから、彼女の醜悪な部分に我慢できなくて、つい手が出てしまったのではないでしょうか」

「ビアトリス嬢はそういう子には見えなかったがなぁ」

「まあ、貴方はご存じないのですわ。私は王妃教育で身近に接していましたけど、それはもう手を焼かされましたのよ。……正直言って、彼女と婚約解消できたことは、王家にとって僥倖《ぎょうこう》ではないかと思っていますの。ですからどうか、アーネストのことをあまり責めないでやってくださいな」

「分かったよ」

アルバートは苦笑した。

「君がそこまで言うなら、アーネストにもう少し歩み寄ることにしよう」

「ありがとうございます。アーネストも喜びますわ。あの子は貴方のことをそれは尊敬していますのよ」

アメリアは感謝の言葉を述べると、熱い紅茶に口をつけ、馥郁《ふくいく》たる香りを楽しんだ。

幸せとは、こんな状況を言うのかもしれない。

光あふれるサンルーム。

自分たちのために特別に作らせた陶磁器と、遠方から取り寄せたお気に入りの茶葉。

対面には愛する夫であり、尊敬する国王でもあるアルバート。

そのアルバートを補佐する有能な王妃としての自分。

そして愛しい息子であり、王太子でもあるアーネストを気遣う慈愛の母としての自分。

アメリアが幼いころから夢見てきた、一つの理想がここにある。

もっともここに至るまでの道のりは、けして平坦なものではなかった。アルバートとあの辺境女――アレクサンドラ・メリウェザーの突然の婚約に始まり、「初恋なんだ」と頬を染めるアルバートに、赤毛の第一王子の誕生、そして王太子争いなどなど、それはもう色々とあったが、自分はその全てをアルバートへの揺るぎない愛と王家への忠誠心、そしてミルボーン家の血を引く女として矜持をもって乗り越えてきた。

現在頭を悩ませている「ちょっとした案件」にしてみても、いずれ然《しか》るべき形できちんと処理できることだろう。

お茶を終えて自室に戻ったアメリアは、実家から連れてきた者たちによる報告に耳を傾けた。

今のところウォルトン家にこれといった動きはないようだ。

ビアトリス・ウォルトンはあのパーティ以来、怪我を理由に学院を休み、公爵邸に引きこもっているらしい。半月後に迫る試験期間に入っても欠席を続けるようであれば、進級できない恐れがあるとのこと。

(もしかして、このまま退学するつもりなのかしら)

あの愚か者――ナイジェル・ラングレーによれば、アメリアが背後にいることはすでに知られているらしいが、争いを好まないアルフォンス・ウォルトンは、アメリアと真正面からやりあうよりも、娘を領地にでも引きこもらせて、嫁がせるまでやり過ごすつもりなのかもしれない。

まあそれはそれで、悪くない結果ではある。

ビアトリス・ウォルトンが「王太子を振った女」として、我が物顔で王都の社交界を闊歩することを考えれば、未婚の間はウォルトン領に、嫁いでからは嫁ぎ先の領地に引きこもってくれるのは結構なことだし、アメリアとしてもあれこれ頑張った甲斐があろうというものだ。

(それならもう、この辺で手を引くべきなのかしら)

そんな考えがアメリアの頭をよぎったものの、ビアトリス・ウォルトンを傷物にするという計画は、やはり捨て難いほどの魅力があった。

公爵令嬢ビアトリス・ウォルトン。

思えばアーネストと婚約した当初から、あの子のことは気にくわなかった。

婚約前のお茶会のときにはまだしも可愛らしさがあったものの、実際に婚約したあとは、未来の王太子妃として驕り高ぶり、アーネストに対する生意気な振る舞いが目に余った。

なにより許し難かったのは、当のアーネストがビアトリスに対し、おもねるような態度を示したことだ。ビアトリスがなにをすれば喜ぶのかとあれこれ考え、ビアトリスの生意気な言動を笑顔で賞賛するさまは、とても未来の国王のあるべき姿とは思えなかった。

あれは王者の態度ではない。王者が未来の妃にとるべき態度ではない。だってアルバートは自分にあんな態度をとったことはない。あんなものを認めるわけにはいかない。

もっともアメリアが「きちんと手綱を取るように」といさめたあとは、アーネストも相応の態度を示すようになったし、ビアトリスも若干しおらしくなっていた。だからこれでもう安心だと思っていたところに、あのおぞましい事件が起きたのである。

ビアトリスが殊勝な態度の裏で赤毛の男と手を結び、アーネストの顔に泥を塗る機会を虎視眈々とうかがっていたかと思うと、汚らわしさに震えがくるほどだ。

だから、そう、少しばかり痛い目に遭わせることは、ビアトリス・ウォルトンに対する正当な処罰だと言える。

領地に戻って油断しているところなら、別に薬など使わずとも、粗野な田舎者を数人雇うだけで目的を達成できるだろう。ナイジェルと番《つが》わせ意のままに使える駒にするのは諦めるとしても、ビアトリスと赤毛の男——王宮で得意げにダンスを披露していた二人の仲を滅茶苦茶にする効果は、それだけでも十分に得られるはずだ。

アーネストの名に傷をつけた女が泣きわめき、赤毛の男が歯噛みする光景を想像すると、アメリアはぞくぞくするほどの愉悦を覚える。

（だけどそこまでするのは、ちょっと火遊びが過ぎるかしらね）

腐っても相手はウォルトン公爵家である。本気でやりあえば、こちらとてただでは済まないだろう。向こうが穏便に済ませようとしているうちに、こちらも手を引くのが賢明といえるのではないか。

アメリアが判断をつけかねていると、報告者の一人がすいとメモを差し出した。署名はないが、その気取った筆跡には見覚えがある。

記された内容に、アメリアは思わず眉をひそめた。

〝耳寄りな話があるので、明後日の午後四時にいつもの場所に来られたし〟

また随分と勿体《もったい》ぶった書きぶりである。あの男はあんな失敗をしでかしておきながら、思わせぶりなメッセージひとつで王妃アメリアを呼びつけようとするとは、どういう料簡なのだろう。

（……まあいいわ。その時間はちょうど空いてるし）

耳寄りな話とは何なのか。どんな風に前回の不手際を挽回するつもりなのか、とっくり検分させてもらおうではないか。

アメリアはメモを暖炉に放り込むと、同意したと伝えるように指示を出した。

ナイジェル・ラングレーと落ち合う際、アメリアはいつも王都の外れにあるレストランの二階を利用していた。そこへはレストランから直接行く他に、ミルボーン家が長年支援している孤児院からも地下道を通って行くことができる。

孤児院への寄付や慰問のふりをして気軽に利用できるので、アメリア気に入りの密会場所の一つである。

アメリアがいつもの部屋に入ると、ナイジェルが満面の笑みを浮かべて出迎えた。

「おいでいただき心より感謝いたします。アメリア王妃さまにおかれましては、どうかご機嫌麗しう」

いつものごとく大仰に挨拶するナイジェルに、王妃はハエでも追い払うような仕草で応えた。

「残念だけど、あんまり麗しくはないわねぇ。次会うときは貴方とビアトリス・ウォルトンの結婚式だと思っていたのに、こんなことになるとは思わなかったわ」

「その件については、まことに面目次第もございません。心よりお詫びいたします。ですがまあ、それはそれとして、今日は貴方に興味をお持ちいただける、とびきりの話をご用意したんですよ」

「ふうん？　話してごらんなさいな」

アメリアがいつもの椅子に腰かけると、ナイジェルはここぞとばかりに語り始めた。

「この間クラブで少々負けが込みましてね。ほんの憂さ晴らしに裏通りの売春宿にしけこんだのですが、そのとき相手となった娼婦が実に面白い女だったんです」

「あら、興味深い話って、貴方の下半身事情に関するものなのかしら」

「滅相もございません。その女は一見ただの中年娼婦なんですが、ときおり所作や言葉遣いに、隠しきれない品のようなものが混じるんです。それがどうにも気になりまして、こんな仕事をしているのは、よんどころない事情があってのことじゃないかと水を向けてみたところ、最初のうちは『自分はただの娼婦だ』と言い張っていたんですが……そのうち泣きながら、実に哀れな身の上話を私に披露してくれたんです。なんでも彼女は貴族の生まれで、かつては高貴なお方の侍女をやっていたんだとか」

ナイジェルはそこで言葉を切って、にやにやしながらアメリアの様子をうかがっている。アメリアは乾いた唇をなめた。

「……続けなさい」

「仰せのままに。さて、その女が仕えた高貴なお方は、あるとき不貞疑惑に晒されまして、女はその方が夫以外の男と二人きりになったことがあるか否かを証言する立場になったんです。実際には一度たりともそんな事実はなかったんですが、女は二人きりになったことがあるという、真っ赤な嘘を申し立てたそうです。さて、ここで問題です。彼女はなぜそんな証言をしたと思われますか？」

「さあ、主人を裏切る下賤の者の考えなんて、私には想像もつかないわ」

「娼婦が言うには、その高貴なお方を妬む悪魔に脅されたんだそうですよ。そのうえ悪魔は口封じのために自分の命を狙って来たので、命からがら逃げだして、しまいには娼婦にまで身を落とす羽目になったんだとか。どうです？　実に面白い話だとは思いませんか？」

「いいえ、全く。娼婦が客を喜ばせるために、色んな作り話をするのはよくあることだそうだけど、今のはあまりにも荒唐無稽で、出来がいいとは言えないわね。かどわかされた異国の王女だとでも言った方が、まだしも芸があるんじゃないかしら」

「作り話、ですかねぇ」

「それ以外のなんだというのかしら。貴方がそんな話を真に受けるほど純情な男だったことは、ある意味面白かったけど、貴重な時間をつぶすほどではなかったわね。次に呼び出すときは、もっとましな話を用意してちょうだい」

そう言い捨てて、席を立とうとするアメリアに、ナイジェルが楽しげに呼びかけた。

「今から王都中の娼館を当たるつもりなら無駄ですよ。すでに身請けして、とあるところに匿《かくま》ってますから」

そして滑らかに言葉を続けた。

「一応申しあげておきますが、私の屋敷にはいませんよ。私も王都育ちですからね。貴方ほどではありませんが、秘密の知り合いはいるのです。ところでご相談なのですが、その娼婦をいかがいたしましょう」

「……何故私に訊く必要があるのかしら」

「それはもちろん、その娼婦がグレイス・ガーランドと名乗っているからですよ。侍女として仕えた相手はアレクサンドラ王妃。そして悪魔は他でもない貴方、アメリア王妃。――さて、どうしますか？　王妃を中傷する重罪人として、近衛騎士団に突き出しましょうか」

「そんな頭のおかしい娼婦のことで騎士団をわずらわせるのは、ラングレー家の名を汚すだけだからやめておいた方がいいわ」

「ではいかがいたしましょう。私は貴方の友として、貴方の御心に従います」

「……いくら欲しいの？」

ナイジェルが挙げたのは、巨額だが、アメリアなら動かせないこともないぎりぎりの数字だった。やはりこの男は心得ている。

「分かったわ。それで結構」

「ありがとうございます。それではもう一度うかがいますが、グレイスと名乗る娼婦についての貴方のご希望は？　眠らせてここまで連れてきましょうか」

「そこまでするには及ばないわ。貴方自身の手で処分してくれれば十分よ」

「処分？」

「ええ、処分」

「……私に人殺しになれと？」

「あら、貴族身分を騙《かた》る頭のおかしい女、それも王家を中傷する娼婦など、果たして人間と言えるのかしら。あの金額を手に入れるためと考えれば、取るに足りないことでしょう？　それとも、今さら神様の罰が怖いとでもいうつもりかしら」

アメリアが嘲りの口調で言うと、ナイジェルは凄惨な笑みを浮かべた。

「分かりましたよ、わが友アメリア。私も今さら純情ぶるような身でもありませんし、ここまで来たら、地獄の果てまでお付き合いします。それで、やり遂げた証拠はいかがいたしましょう。髪のひと房でもお持ちしますか？」

「馬鹿言わないで。そんなものが、なんの証拠になるっていうの」

「では何を」

「首よ」

アメリアは口角を上げて言い切った。

「その女の生首を、ここに持ってきてちょうだい」

「――もう十分だ。語るに落ちたな、アメリア」

そのとき緞帳の向こうから、アメリアにとっては聞きなれた――しかしこの場にいるはずがない男性の声が響いた。


「残念だよアメリア。君はずっと私を騙していたんだな」

言葉と共に、緞帳の向こうから見知った男性が現れた。金の髪に青い瞳。間違えようもない、あれは――

「アルバートさま、なぜ貴方がここに……」

アメリアは混乱しながらも、なんとか現状を把握しようと試みた。

何故アルバートがここにいる？

いつから聞かれていた？

もしかすると最初から？

自分はナイジェルとのやり取りで、どんな言葉を口にした？

なんとかして誤魔化さねばならない、なんとかして。

アメリアは椅子から立ち上がると、笑顔を作って口を開いた。

「まあアルバートさまったら、なにか誤解なさっているようですわね。今のはただ――」

「言い訳はよしてくれ。グレイスから話を聞いたときは半信半疑だったが、今のやり取りを聞いてしまっては、もはや疑う余地もない」

伸ばした手をかわされて、アメリアは呆然と目を見開いた。アメリアを見つめるアルバートの眼差しは、ぞっとするほどに冷え切っていた。

(……今、グレイスから話を聞いた、と言ったわね)

アメリアがナイジェルに視線を向けると、彼は動揺の欠片もなく、にやにや笑いを浮かべている。それは明らかにこの状況を予期していた者の表情だった。

つまり全ては仕組まれていた。この密会は最初から、アメリアの口から決定的な言葉を引き出して、アルバートに聞かせるためのものだった。アルバートは事前にグレイスに引き合わされ、彼女から詳細を聞かされたうえで、この密会に臨んだのだ。そして自分はうかうかとナイジェルに乗せられて、金銭の支払いに応じ、そして――。

己のあまりの愚かさに、アメリアは奥歯を噛みしめた。

金銭の支払いに応じず、あくまで「作り話」と突っぱねていたら、アルバートは自分の潔白を信じただろう。いや応じたとしても、処分ではなく娼婦を引き渡すよう命じていたら、「背後に誰がいるのか、自分の手で調べたかった」とでも言って誤魔化す余地はあっただろう。

秘密を知ったナイジェルがけして裏切らないように、あえて彼の手を汚させようとしたことが裏目に出てしまった形である。

この計画を練った人間は、アメリアの行動をそこまで読んでいたのだろうか。

「アメリア、君は国王である私をたばかり、王位継承をゆがめた大罪人だ。これから死ぬまでの間、北の離宮で過ごしてもらう。今日を限りにもう会うこともないだろう」

アルバートは淡々と言葉を続けた。

「私を……幽閉するとおっしゃるのですか？」

「そうだ。名目上は病気療養だが」

「私抜きでまつりごとが成り立ちますか？　例の政策だって、私がいなければ反対派の説得は不可能です」

「多少の不自由は仕方がない。家臣たちと力を合わせてなんとかやっていくつもりだよ」

「だから私を切り捨てると？　私たちの絆は？　私が今までどれほど貴方に尽くしてきたかをお

忘れですか？」

「だからこその決定だ。本来なら処刑か西塔での幽閉が相当なのを、北の離宮で過ごさせてやると言っている。これは私の君に対する最大限の慈悲だと思ってほしい」

「お待ちください、それはあまりに――」

「アメリア！」

アメリアの言葉を、アルバートは苛立たしげに遮った。

「見苦しいまねをするな。君にこんなことを命じなければならない私の方が辛いんだ」

そして詰《なじ》るように言葉を続けた。

「アレクサンドラの不貞疑惑に私がどれほど苦しんできたか、君は知っているはずだ。私に同情するふりをしながら、腹の底では笑っていたのか？」

「……そんなことはございません」

「なぁアメリア、何故こんなことをした？　何故アレクサンドラを貶めた？　……君は私とアレクサンドラとの仲を、祝福してくれていたのではなかったのか？」

（祝福、ですって？）

アメリアは耳を疑った。

この人は一体なにを言っているのだろう。

なぜ自分がアルバートとあの辺境女の仲を祝福せねばならない？

物心ついたころからアルバートの傍にいて、いずれ夫婦になるのだと言われて育った。アメリア自身も、いずれアルバートに嫁ぎ、共にこの国を担っていくのだと、当たり前のように信じていた。その自分が、一体なぜ？

考えを巡らせるうちに、いつぞやの光景がアメリアの脳裏によみがえった。

——どうしようアメリア、こんな気持ち初めてなんだ。たぶん初恋なんだと思う。

アレクサンドラとの初顔合わせのあと、臆面もなく報告してきたアルバートに、アメリアは笑顔を浮かべて、彼の望む言葉を口にした。

——まあ、それはよろしゅうございましたわね。お二人の仲を祝福しますわ、アルバートさま。

それ以外に一体なにができただろう。

煮えたぎる怒りと憎悪を隠し、物分かりのいい幼馴染を演じる以外に、一体なにが。

(この人は私のあんな一言を素直に信じて……信じ続けて、今まで疑いもしなかったのね)

それは愛ではない。信頼でもない。アメリアに対する無関心によるものだ。

アルバートはアメリアが自分の役に立ちさえすれば、自分を居心地よくしてくれさえすれば、アメリアの気持ちなんてどうでも良かったに違いない。

そのアルバートが今さら傷ついた顔で詰ってくるとは、なんと滑稽なことだろう。

「どうした、なにか言うことはないのか？」

「なにもございませんわ。どうあっても決定は覆らないのでしょう？」

アメリアは努めて冷静な口調で言った。

心は不思議なほどに凪いでいた。

自分はアルバートの裏切りを許し、彼と愛し愛される関係を築くために、幼いころの理想を実現するために、精一杯努力してきたつもりだった。

しかし全ては徒労に終わった。

アルバートが長年尽くした自分よりも、たった数年過ごしただけの辺境女に未だ囚われているのなら、もはや拘泥する意味はない。

（そうね……もういいわ）

ここまで尽くして尽くして尽くした結果がこれならば、もう、いい。

アルバートとの関係はこれで完全に破綻した。

自分の幽閉が解かれるのは、代替わりが行われたときだろう。代替わり、すなわち――

そこでアメリアは息をのんだ。

「アルバートさま、私のアーネストはどうなるのですか？　まさかアーネストを廃して、あの赤毛を王太子に据えるおつもりですか？」

「無礼な呼び方をするな。クリフォードは正統なる第一王子だ」

「申し訳ございません。それで、王太子の座はどうなるのですか？」

「今のところアーネストから変更する予定はない。クリフォード本人が辞退しているし、アーネストはこの件で功績があるからな」

「功績？」

「私をここに連れてきた、とはどういうことですか？」

「連れてきた、とはどういうことだ」

「どうもこうも、そのままの意味だ。アーネストが『どうしても父上にお見せしたいものがあるんです』と懇願してきたから、お忍びでここまでついてきたんだよ。気は進まなかったが、アーネストが私に頼みごとをするなんて珍しいし、君からも歩み寄りを頼まれていたからね。――そして、こういうことになったわけだ」

「そんな……嘘でしょう？」

「本当のことです」

その声に、アメリアは緞帳の向こうにいたのがアルバート一人ではなかったことを知った。

「アーネスト……」

陰から現れたアーネストは、静かな足取りでアメリアの前に進み出た。

「そんな……貴方は私を裏切ったの？」

「申し訳ありません」

「一体どういうつもりなの？　まさか貴方が、この私をはめるような真似をするなんて……ねえアーネスト、貴方は自分がなにをしているのか分かっているの？」

「もちろん分かっております」

「それじゃあ、一体なぜ？　私が今まで貴方のためにどれだけ頑張って来たか、知らないわけじゃないでしょう？」

アーネストは苦しげな表情を浮かべながらも、アメリアの目を正面から見据えた。

「その前に俺から質問させてください。母上、ビアトリス嬢をナイジェル・ラングレーに襲わせたのは何故ですか？」

アメリアは一瞬ひるんだものの、すぐに毅然と顔を上げてアーネストの眼差しを受け止めた。

「何故って、貴方のためよ、アーネスト」

「俺はそんなことを望んでいません」

「まあアーネスト、それは貴方がなにも分かっていないからよ。いいこと、あれはどうしても必要なことだったの」

アメリアは噛んで含めるように言葉を続けた。

「そりゃあ、私だってビアトリスさんが可哀そうだと思わないではなかったわ。でも貴方が即位してからもずっと、彼女が我が物顔で社交界を闊歩するたび、人々は例の事件を思い出すの。そのことが、どれほど貴方の権威を傷つけるか……。そんなことがないようにするためには、ビアトリス・ウォルトンの存在自体をなんとかしなけりゃ駄目だったのよ。あれは必要なことだったの」

「俺にとってなにが必要かを、俺の知らないところで勝手に決めないでください」

「なんですって？」

「たとえ母上から見た俺がなにも分からない愚かな子供だとしても、俺のためと称して、そんな醜悪なことをやってほしくありません」

（醜悪って……）

アメリアは思わず絶句した。

皮肉なことに、それはつい先日アメリア自身がビアトリスに使った言葉だった。

――アーネストはあの通り潔癖なたちですから、彼女の醜悪な部分に我慢できなくて、つい手が出てしまったのではないでしょうか。

アメリアがアーネストを擁護するために使った言葉を、当のアーネストはよりにもよってアメリアに対して突き付けて、己の裏切り行為を正当化しようとしているのだ。

アメリアは改めて目の前に立つ息子の姿に目をやった。

金の巻き毛と青い瞳。王家の特徴を色濃く受け継ぐ愛しい息子、アーネスト。

誰より愛し、慈しんできた相手が、まるで別の生き物のように感じられた。

「……そう、そういうことを言うのね。私が貴方のためにやったことを、貴方は醜悪だと言って非難するのね」

「ですから俺は、そんなことは」

「望んでなかったたって言いたいの？　私が勝手に余計なことをやったって？　言っておくけど、私だって別にあんなことやりたくなかったわ。そもそも貴方が人前でビアトリス・ウォルトンを殴ったりしなければ良かっただけの話じゃないの」

アメリアは激情のままに吐き捨てた。

「私が今まで貴方のためにどれだけ尽くしてきたと思っているの？　グレイス・ガーランドに証言させたことだって、お腹にいる貴方を王太子にするためだったのよ？　それだけでは足りなかったから、婚約者にウォルトン公爵令嬢を選んであげた。婚約者とあんなことになったから、その後始末もしてあげた。貴方がアルバートさまから失望されるたび、私がどれだけフォローしてあげたと思っているの？　愛する貴方のためにいつもいつも必死になって頑張って来たのに……貴方はそれを醜悪だと罵って、私を陥れても当然って顔をするのね。ああ、なんて恩知らずな子なのかしら」

「母上の望むような息子になれなかったことは、申し訳なく思っています」

「よくもぬけぬけと……ああ、なんでこんな子になってしまったのかしら。本当に、なんでこんな風に育ってしまったのかしらね」

いくら責め立てても、アーネストの表情は変わらなかった。

アメリアは手ごたえのなさに恐怖を覚え、絶望的な心持ちになった。

（そう……そうなの、分かったわ）

どうあがいても事態は何も変わらない。

愛する夫であり、尊敬する国王でもあるアルバート。

愛しい息子であり、王太子でもあるアーネスト。

そして有能な王妃であり、良き妻であり、慈愛の母でもある自分。

アメリアが努力の果てに手に入れたはずの理想の形が、脆くも崩れ去っていく。

もうなにもかもおしまいだ。

「……私が今までわが身を削って貴方たちに尽くしてきたことは、なにもかもが無駄だったのね」

アメリアはぽつりとつぶやいた。

案の定、二人から言葉は返ってこなかった。

アメリアは気を取り直してアルバートの方に向き直ると、穏やかな、ほとんど優しいといえるような口調で言った。

「アルバートさま、これから貴方はなにか新しい政策を実現しようとするたびに、私のことを思い出すでしょうね。だって貴方の家臣の方々に、私の代わりが務まるとは思えませんもの。反対派を脅したり、すかしたり、裏から手を回して懐柔したり、汚い交渉事は私が一手に引き受けてきたのですから。貴方はこれからなに一つ実現できない無能な王と嘲られ、今日のことを後悔しながら生きるのでしょうね」

それからアーネストの方に振り返って薄く微笑みかけた。

「アーネスト、可哀そうな子。私だけが貴方の味方だったのに。世界中で貴方を愛してあげられるのは私だけだったのに。その私を失って、これからどうするつもりなの？　貴方はこの先ずっと孤独なまま、今日のことを後悔し続けることになるでしょうね」

アメリアの言葉に、アルバートは困ったように目をそらした。この人は都合の悪いことがあるたびに、いつもこうやって目をそらす。そんなところも可愛らしいと思っていたものだが、今はもう冷え冷えとした感情しか湧いてこない。

一方のアーネストはただ静謐《せいひつ》な眼差しで、アメリアをじっと見つめていた。

第十四章　価値のある言葉

（貴方の望むような息子になれなくて、申し訳ありませんでした）

アーネストは近衛騎士に連行されていく母の後ろ姿に、心の中で謝罪した。

母の行為に激しい怒りと嫌悪を覚える一方で、先ほどの母の嘆きを思うと、ぎりぎりと胸を締め付けられるような痛みを感じる。自分の中の幼い少年が泣き叫んでいるようだった。

母への罪悪感、母を失う恐怖、見捨てられる恐怖、物心ついたころから慣れ親しんだ感情がないまぜになって、怒涛の如くに押し寄せる。

母と近衛騎士の足音が遠ざかり、完全に聞こえなくなってから、アーネストは深々と息をついた。

ややあって、カイン・メリウェザーが部屋の中に入ってきた。彼はこの件の立役者だが、「俺がいたら無駄に刺激するだけだから」と言って隣室に控えていたのである。

カインが現れるや、ナイジェル・ラングレーは嬉々として彼に駆け寄って、布張りの小箱を有難そうに受け取ると、気もそぞろな様子で退場した。

そして部屋には王家の血を引く三人の男が残された。

「――上手くいったようですね」

カインの言葉に、父は「ああ、なにもかもお前が予想した通りになった」と優しく微笑んだ。

「クリフォード、やはりお前は天才だな」

「もったいないお言葉です。しかし私のことはどうかカイン・メリウェザーとお呼びください」

「そう言うな。私にとって、お前はいつまでもクリフォードだ」

そして父は両腕を広げ、カイン・メリウェザーを抱きしめた。その光景を見るともなしに眺めながら、アーネストは「父と子の感動的な和解の図だな」と他人事のように考えた。

いっそ本当に赤の他人だったらどんなに良かったかと思う。自分こそが不貞の子で、父と血がつながっていないのだとしたら、どこかよそに真実の父がいるのだとしたら、様々なことが今よりはるかに耐えやすかったことだろう。

「ああ本当に大きくなったな。クリフォード」

父は感極まったようなかすれ声で囁いた。

「私はお前を王太子に選ばなかったことを、ずっと後悔していたんだ。愛する息子を死者にしてしまったことを、ずっと後悔していたんだよ」

「もったいないお言葉です」

対するカインは至極あっさりした口調で答えた。

「ですがどうか、お気になさらないでください。私自身はカイン・メリウェザーとなったことを、一度たりとも後悔したことはありませんから」

少しの間、沈黙が続いた。

「……クリフォード、私に気を使ってくれているのかい？」

「いえ、偽らざる本心です」

「そうか……。まあ、今はまだ心の整理がつかないのも当然だな」

やがて父はぎこちなく抱擁を解いた。それから王宮に遊びに来いとか、一緒にチェスをしようとか、あれこれカインに誘いをかけ、そのたびに慇懃《いんぎん》にあしらわれてなんとも珍妙な表情を浮かべた。

「……それで王太子のことだが、やはり気持ちは変わらないのか」

「はい。私は王座に対して未練は全くございません」

「変に意地を張らなくてもいいんだぞ。お前さえその気になってくれれば、なんとでもやりようはあるからな」

父はこの場にもう一人の息子がいることなど、忘れてしまっているようだった。

(今さらだな、本当に)

アーネストは我知らず苦笑を浮かべた。

父はずっと凡庸な自分よりも天才のクリフォードを愛し、彼が自分の本当の息子だったらと願っていたのだから。不貞がなかったことが明らかになれば、こうなることは最初から分かりきっていた。自分はそれを分かったうえで、この件に協力したのである。

――貴方はこの先ずっと孤独なまま、今日のことを後悔し続けることになるでしょうね。

先ほどの母の言葉がよみがえる。

この先ずっと孤独なままというのは、当たっているのかもしれない。実の父親は自分を愛したことはない。ビアトリスも最後は自分から離れて行ったし、友人たちもあの件で大半が背を向けた。この先誰かと愛し愛される関係を築ける自信がない。

(それでも)

それでも今日の判断を後悔することはないだろう。それだけは確かだと、胸を張って言い切れる。

父とカインのやり取りを遠い目で眺めながら、アーネストはそんなことを考えていた。


父が王宮へと引き上げたのち、カインはなにやら気まずそうに口を開いた。

「一応お前にも言っておくが、俺は王太子になるつもりはないからな」

「そうですか。気が変わったらいつでも言ってください。俺は別に構いません」

「なんだって?」

「もともと俺が選ばれた理由は、正統な王家の血を引いているというその一点でしたから。資質はクリフォード殿下の方が優れていると周囲も言っていましたし、こうなった以上はお返しするのが筋ではないかと思います」

「八年前と今とでは全く状況が違うだろう。俺がメリウェザー領で自由に過ごしてきた八年間、お前は王宮で次代の国王としてずっと研鑽を積んできたんだから。その時間は今さら覆らない」

「そんなものに大した意味はありませんよ」


アーネストは静かな口調で言った。

——私はお前を王太子に選ばなかったことを、ずっと後悔していたんだ。


父——国王アルバートは、カインに対してそう言った。言い換えればアーネストは王太子であった八年間、一度たりとも彼のお眼鏡には適わなかったということだ。

結局のところ、それが全ての答えだろう。

しかしカインは意外な科白を口にした。

「そうか？　まあ俺はお前の八年についてはよく知らないが、少なくともずっとお前の傍にいた人間は、意味があると考えているようだぞ」

「傍にいた人間？」

まさか母のことを言っているのか。いぶかしげに眉をひそめるアーネストに、カインは「ビアトリスだよ」と苦笑した。

「俺は最初グレイス・ガーランドの一件を、大々的に公表してやろうと思っていたんだ。しかしビアトリスに猛反対されて断念した。王太子としてのお前の立場に影響するから駄目だと言ってな。そのせいで喧嘩になってしまったくらいだよ」

「彼女が、そんなことを」

「ビアトリスは、アーネスト殿下は王太子としてずっと研鑽を積んできた、その努力はないがしろにされるべきではないと言っていた。それを守るためなら、アメリア王妃をつぶせなくても構わない、自分が学院を去って領地に引きこもることになっても構わないと……はっきり言って、あのいい加減な男の戯言よりも、よほど価値のある言葉だと俺は思うぞ」

そう言って、かつての赤毛の怪物は、まるで仲のいい兄のように微笑んだ。


母との決別から三日後。アーネストはビアトリスに母の処遇を伝えるべく、ウォルトン公爵邸を訪れた。学院でカインに伝言を頼んだところ、「お前から直接伝えてやれ」と言われたため、こうして出向いた次第である。

なにやらカインのお膳立てに乗せられるようで業腹だが、実際こんな機会でもなければ、誰にも邪魔されずにビアトリスと二人で会うことは不可能だろう。そう割り切って、有難く機会を使

わせてもらうことにした。

ちなみにアーネストがウォルトン邸を訪れるのは、創立祭でビアトリスを迎えに来て以来のことだ。そしておそらく、これが最後になるだろう。

サロンに通されたアーネストは、対面に座るビアトリスに事の次第を説明した。

「――そういうわけで、母を乗せた馬車が離宮に到着するのは五日後のことになる。到着したら、外出はもちろん外部の人間と会うことも一切禁じられるから、二度と君を脅かすことはないはずだ」

「わざわざお伝えいただき、ありがとうございます」

ビアトリスはほっとした様子を見せながらも、相手がアーネストの母親なだけに、素直に喜びを表していいものか戸惑っている様子である。

その気遣いがいかにも彼女らしくて、アーネストは切ない気持ちになった。

「母が酷いことをして、本当にすまなかった。カイン・メリウェザーから話を聞いたときはぞっとしたよ。改めて俺からも謝罪させてほしい」

「そんな、頭を上げてください。私の方こそせっかくのご忠告を役立てることができなくて、殿下に辛い決断をさせてしまったことを、申し訳なく思っています」

「それは本当に気にしないでくれ。俺にとっても、結果的にはこれで良かったと思っているんだ。この件に関わったミルボーン家の者たちの調査も進んでいるし、これを機に膿を出し切ることになりそうだ」

母は確かに有能だったし、まつりごとにおいては多少強引な手段が必要なことも事実だろう。しかし調べが進むにつれてあらわになった、そのあまりに無茶なやり口は、いずれどこかで破綻せざるを得ないと思わせるほどのものだった。

名誉を損なわない形で彼女を追放できたのは、本人にとっても幸いだったといえるのかもしれない。

二人はそれからお茶を飲み、甘いお茶菓子を食べながら、他愛もないお喋りをした。

昔の思い出話や、最近の学院の様子、間近に迫った試験のことなど。

ビアトリスは明日から学院に復帰するつもりだとのこと。「すぐに試験期間に入ってしまうので大変ですけど」と言いながらもとても嬉しそうで、彼女は本当に学院が好きなのだなと改めて思った。

そして二杯目のお茶を飲み干したころ、アーネストはしばらくの間ためらったのち、目的の話を切り出した。

「実は今日、君にもうひとつ伝えたいことがあったんだ」

「まあ、一体なんでしょう」

「今さら言っても仕方のないことだが……初めて会ったころからずっと、変わらずに君を愛している」

ビアトリスは驚きに目を見開いて、それから花のように微笑んだ。

彼女が自分にこんな顔を見せるのは、何年ぶりのことだろう。

「ありがとうございます。殿下に冷たくされて辛かった日々が、少しだけ報われたような気がします。……ですが、申し訳ありません。今の私には、他にお慕いする方がいるんです」

「ああ、分かっている。幸せになってくれ」

「はい。アーネスト殿下もどうかお幸せに。民に慕われる立派な国王になってください」

その言葉が、いつかの少女に重なった。


――アーネストさまが国王になったら、きっと素敵な国になりますね。


「ああ、努力するつもりだよ」

最愛の少女の思いを長い間裏切ってきたけれど、今度こそ、彼女の期待に応えたい。アーネストは心からそう思った。

エピローグ

ビアトリスが王立学院に復帰したのは、定期試験を一週間後に控え、学院中が大わらわになっているころのことだった。

もっとも試験に関して言えば、復帰前から友人たちがまめにノートを届けてくれたことや、前回と同じメンバーで勉強会を行っていたこと、カインという最強の家庭教師が公爵邸に教えに来てくれたことなどもあり、ビアトリス・ウォルトンに死角はなかった。

おかげでビアトリスは前回に続いて今回も見事首位をとることに成功した。

仮に急落しようものなら、不正疑惑が再燃しかねないと危惧していたので、ビアトリスは心から安堵した。

ちなみに同点首位はアーネストである。色々あったにも関わらず、己を取り戻してきちんと結果を出すあたり、さすがと評するべきだろう。

掲示板の前で顔を合わせた際は、「ビアトリス嬢、連続首位おめでとう」「アーネスト殿下も首位奪還おめでとうございます」と互いに祝福を贈りあった。笑顔でやり取りする二人に、他の生徒たちがとまどっている様子がなんだか少しおかしかった。

三位と四位はフィールズ姉妹。五位がシリルで、六位はマリア・アドラーだった。生徒会メンバーが総じて振るわなかったのは、会長が辞めた後の混乱が影響していると考えられ、ビアトリスは若干の責任を感じた。もっとも新規メンバーが入ってからは何とかやっているそうなので、次は巻き返してくるだろう。

シャーロットとマーガレットはそれぞれ前回と同程度だった。シャーロットは「ケアレスミスさえなければ十位以内に入れたのに」と悔しがっていたが、マーガレットは「私はこれで十分だわ」と至極満足そうだった。

そして試験期間が終わると、ビアトリスは友人たちと過ごす他愛もない日常へと回帰した。休み時間のお喋りと週末のスイーツ巡り。そして娯楽小説の貸し借り。加えてビアトリスは最近クラブに入ることを検討している。残りの学院生活を存分に謳歌するために、なにか新しいことを始めたいと考えたとき、真っ先に思い浮かんだのがクラブ活動だったのである。

王立学院には大小さまざまなクラブが存在するが、中でもビアトリスが心を惹かれたのは文芸部と馬術部だ。

前者は「小説好きの令嬢たちとさまざまな作品について語り合ったら楽しいだろうし、自分で何か書いてみるのも面白そうだ」という単純な動機によるものだ。シャーロットが「文芸部なら付き合いで入ってもいいわよ」と言ってくれたのも心強い。

後者はメリウェザー領が名馬の産地で、伝統的に女性も乗馬の得意な人間が多いと聞いたのがきっかけだ。今のビアトリスの馬術は令嬢の嗜み程度なので、嫁ぐまでには多少技術を上げておきたいし、クラブ仲間と遠乗りに出かけるのも楽しそうだ。こちらはマーガレットが一緒に入っても構わないと申し出てくれた。

どちらも魅力的なので、今慎重に比較検討中である。

カインとは相変わらずあずまやでのお喋りを続けているが、最近は婚約式の打ち合わせのために公爵邸で会うことも多くなった。

婚約式は当初王妃を刺激しないためにごく内輪で行うつもりだったが、その必要がなくなったために、親族に加え友人知人を招いて多少規模の大きなものになる予定である。

ウォルトン家側の出席者で最大の懸案は母のスーザンだったが、最近はずっと体調が良く、主治医からも「王都までの小旅行なら大丈夫」とお墨付きが出たことであっさり解決を見た。兄のダグラスも留学先から帰って来てくれるとのことだった。

他の出席者としては、まず世話になった関係上、大叔母のバーバラ・スタンワースは外せないし、その兼ね合いで普段はあまり付き合いのない親族もそれなりに招待することになった。バーバラからは、「メリウェザー家の令息とは単なる友人とか言っていた癖に、やっぱりロマンスの始まりだったじゃありませんか」と詰られること必定だが、甘んじて受けるつもりである。

メリウェザー家からはカインの名目上の父である祖父を筆頭に、主だった親族がこぞって出席するということだ。

ビアトリスは「王太子の元婚約者」といういわくつきの自分がどう思われるか不安だったが、カインいわく「一族の連中はみんな『王太子から許嫁《いいなずけ》を奪ってやった！』と大歓迎しているから大丈夫だよ」とのこと。安堵の一方、「それはそれでどうなのか」と若干複雑な気持ちになった。

まあメリウェザー家にしてみれば、掌中《しょうちゅう》の珠《たま》を差し出したのに、不貞の濡れ衣を着せられたうえ、子供を死者にされたのだから、王家に対して反感を持つのも無理はない。アメリア妃の策謀に乗せられたとはいえ、アレクサンドラ王妃を信じなかったのは現国王アルバート自身である以上、色々と割り切れない思いがあるのだろう。

それでもカインとアーネストの代になったら、両家の確執は少しずつ解消されていくものと信じたい。

親族のほかには、ビアトリスはマーガレットとシャーロット、それからフィールズ姉妹を招待する予定である。

エルザとはあの後も何度か顔を合わせたものの、今までと変わりなく接してくれているので、ビアトリスも同様に接している。婚約式についても、ぜひ出席させてくださいね、と彼女の方から申し出てくれた。

変に気まずい雰囲気にならなかったことに、ビアトリスは心から感謝した。

カインの側はチャールズと、クリフォード時代に親しくしていた人間を何人か、それからピアニストのアンブローズ・マイアルを招待するとのことだった。なんでも王妃を追い詰める際に大変世話になったので、何かお礼をしたいと打診したら、婚約式に出席させてほしいと言われたらしい。祝宴で一曲披露してくれるとのことで、これではどちらがお礼されているのか分からないが、あの合奏でよほど気に入られたのだろう。

ちなみに国王アルバートはお忍びで参加したいとひそかに打診してきたが、カインが即座に断りを入れた。別に親族のためではなく、カイン自身の希望らしい。


「本当によろしいのですか？　カインさま」

ビアトリスが問いかけると、カインは「本当にいいんだよ。俺にとってあの男はもう完全に赤の他人だからな」と苦笑した。

「グレイス・ガーランドの打ち明け話であいつが紛れもなく実の父親だと分かったときも、これといった感慨はなかった。それでも舞踏会で久しぶりに顔を合わせたら、さすがになにか感じるものがあるかと思っていたんだが、やはりなにもなかったな。それでなんというか、分かったんだよ。俺の中にあいつに対する情みたいなものは、もう欠片も残っていないんだって」

カインはさばさばした調子で言った。

「ああ誤解しないでほしいんだが、あいつがアーネストを王太子に選んだことや、九歳の俺に死者となるか幽閉されるかを選ばせたことについては、別に含むところはないよ。国王として色々と立場もあるだろうし、仕方のないことだと思っている。……しかしそれを自分で直接言わずに侍従に伝えさせたのは、客観的に見て屑だろう」

「そうですね……」

ストレートに同意していいものか、若干のためらいを覚えたが、適切な反論を思いつかなかった。

「あいつの息子であるクリフォードとしての意識は、多分あのときからゆっくりと死んでいったんだと思う」

そう言うカインの顔は清々しくて、虚勢はまるで感じられなかった。

おそらくクリフォードだったときの彼の中には、それなりに父の愛を得たい、認められたいという思いもあったのだろう。しかしその思いは八年のときを経て、もはや跡形もなく消えてしまったということか。

互いを尊重する心がなければ、愛は尽きるし思いは涸れる。

それはとても切ないことだが、一種の救いでもあるのだろう。

「カインさま」

「うん?」

「ずっと傍にいてくださいね」

「ああ。もちろんだ」

そう言って、カインはふわりと微笑んだ。

「こちらこそ頼む。ずっと傍にいてくれビアトリス」

生まれる場所は選べないが、共に生きる相手を選ぶことはできる。

彼がその相手として自分を選んでくれたことが、ビアトリスにとってはなによりも嬉しい。

「愛してる」

頬にカインの指先が触れ、端整な顔が近づいてくる。

ビアトリスはそっと目を閉じて、彼の口づけを待ち受けた。

番外編

アメリア・ミルボーンの献身

「そういうことだから、今後はわきまえて行動してちょうだいね。チャーマーズさん？」

侯爵令嬢アメリア・ミルボーンの言葉に、平民の特待生ミランダ・チャーマーズは涙を浮かべてうなずいた。

「……分かりました」

「あら、良いお返事ね。だけど本当に分かってくれたのかしら」

「本当に分かっております。もう二度と殿下には近づきません」

「それなら結構よ」

アメリアは口元を扇で隠して微笑んだ。

「ねえ、誤解しないでほしいのだけど、私は別に貴方が憎くてこんなことを言っているわけじゃないのよ？　ただいくら建前上『学院生徒は皆平等』と謳っていても、身分の差は厳然として存在するのだから、そこはちゃんとわきまえないと、ね？　アルバートさまは貴方の無礼で馴れ馴れしい振る舞いに、随分迷惑してらしたのよ」

「そんな、私はただ、ただ――」

「ただ、なぁに？」

被せるように問いかけると、ミランダはびくりと肩を震わせた。

「いえ……なんでもありません」

「なにか文句があるのなら、言ってくれても構わないのよ？」

「文句なんてありません。殿下にご迷惑をおかけして、本当に申し訳ありませんでした」

「ふふ、聞き分けの良い人は大好きよ」

アメリアは蜜のように甘い声音で言った。

「それじゃあ分かってくれたようだし、もう行っていいわよ、チャーマーズさん。貴方のお父さまのお店が上手くいくように祈っているわ」

少女が悄然《しょうぜん》として立ち去るのを見届けたあと、アメリアは「今度の子は意外とあっけなかったわね」と独りごちた。

・

アルバートと肩を並べて馬車へと向かう道すがら、アメリアはさりげなく話を切り出した。

「そういえばあのミランダ・チャーマーズのことですけど、今日の昼休みに私から釘を刺しておきましたわ」

「それで、ちゃんと聞き入れてくれたかい？」

「最初は渋っていましたけど、この社会の常識というものをこんこんと説いてやったら、最後には納得していたようでした」

「ありがとう、アメリアはいつも頼りになるね」

「アルバートさまのためですもの。これくらい、なんてことありませんわ」

アメリアは先ほどのやり取りを思い返しながら、涼しい顔でそう口にした。

当初ミランダは「アルバートさまの婚約者ならともかく、単なる幼馴染にすぎない貴方に口出しされる筋合いはありません」だの「アルバートさまが迷惑がってるのが本当なら、それをアルバートさま自身の口から直接聞きたいです」だの散々ごねていたものの、アメリアがミランダの父親が経営する店の存続について匂わせると、我に返ったように大人しくなり、最後にはすっかり聞き分けが良くなっていた。

あの様子ならもう二度とアルバートに近づくことはないだろう。

「ですが今後ああいう輩をご寵愛なさるのは、控えた方がよろしいかと思いますわ、アルバートさま」

「別にご寵愛してたつもりはないんだけどなぁ。平民出身で慣れないことも多いだろうから、生徒会長として面倒を見ていただけだよ。ただそれだけのことなのに、変な風に勘違いされてしまったみたいで、ほとほと困っていたんだよ」

アルバートは軽く肩をすくめて見せた。

「そりゃあ何かあったらいつでも頼ってとは言ったけど、まさかそれを口実にして、あんな風に付きまとってくるとは思わないじゃないか」

「まあそうでしたの。社交辞令を真に受けるだなんて、本当に平民というのは困ったものですわね」

アメリアは軽く調子を合わせつつ、心の中で苦笑していた。

なんとなれば、アルバートがミランダに示した態度は、けして「ただそれだけ」などではなかったことを把握しているからである。

きっかけは彼の言う通り、生徒会長の職務上のことだったのかもしれないが、その後は自分からランチに誘ったり、下町を案内してほしいと頼み込んだり、そのお礼だと言ってちょっとした装身具をプレゼントしたり、その装身具を手ずから彼女につけてやったり、しかも恐縮して辞退しようとするミランダに「僕が王太子だからって遠慮しないでほしいな。この学院では生徒はみんな平等なんだよ」と熱弁をふるい、「殿下なんて堅苦しい呼び方じゃなくて、アルバートって呼んでくれないか」と懇願し、手を握って笑いかけ、肩を抱き、そして――そして一線を越えることこそなかったものの、あの親密な距離感は間違いなく恋人同士のそれだった、というのはあらゆる情報源の一致した見解だった。

おそらくアルバートは毛色の違った少女が物珍しくて、のめり込んでいたのだろう。

しかし珍獣は結局のところ珍獣でしかなかったようだ。

ミランダが王子さまの甘い囁きに舞い上がり、夢中になっていくにつれ、アルバートの態度は冷めていき、ここ最近はあれこれと理由をつけてミランダを避けるようになっていた。

そこでアメリアがミランダのことを話題に出して、「私が対処しましょうか」と申し出たところ、アルバートはほっとした顔で一も二もなく飛びついてきた、というわけだ。

（本当に仕方のない人ね）

アメリアは改めて隣を歩く幼馴染に目をやった。

日を受けて輝く黄金の髪と夏空のように青い瞳。

貴種の証をそのまま体現したような第一王子アルバート。

客観的に見れば、彼の振る舞いは実に身勝手この上ない、非難されるべきものである。

しかしそれでもアメリアのうちにまるで嫌悪が湧いてこないのは、相手が他でもないアルバート王太子殿下だからだろう。

身勝手な振る舞いも非道な仕打ちも、彼ならば全てが許される。

だって彼は、特別なのだ。

アメリアは誘われるように手を伸ばし、指先でアルバートの巻き毛にそっと触れた。

「ん、なんだい、アメリア」

「糸くずが付いていましたのよ」

「そうか、ありがとう」

「どういたしまして」

するとアルバートは急にくすくすと笑いだした。

「どうかなさいまして？」

「いや、この前セオドアが僕らのことを『まるで熟年夫婦みたいですね』なんて言っていたのを思い出してね。あの堅物にしちゃ随分砕けたことを言うなと思っていたけど、確かにこんなところを見られたら、そう思われても仕方ないのかもしれないな」

「まあ、あの生真面目なパーマーさまがそんなことを」

「結婚どころか、婚約もまだだっていうのにね。……まあ時間の問題ではあるけどさ」

アルバートがいたずらっぽく付け加えた言葉に、アメリアは心臓が跳ねるのを感じた。その言葉がアメリアをどれほど狂喜させるかを、分かっているのか、いないのか。

（本当に、仕方のない人）

長らく婚約者同然と言われながらも正式な婚約に至っていないのは、「もう少しだけ自由でいたい」と言うアルバートの意向によるものだ。ゆえに時おり「アルバートは本心では自分との結婚を嫌がっているのではないか？」との疑念が浮かんでくるが、こういうことを言われると、やはり彼の方も望んでいるのだという安堵感に包まれる。

いずれ自分はアルバートに嫁ぎ、アルバートの即位に伴って王妃となり、アルバートと共に国を導き、アルバートの子を――次代の王を世に生み出す。

それを思えば彼の独身時代の火遊びなんて、気にするほどのことではない。

いやもしかすると結婚後も、気まぐれにさまざまな娘にちょっかいを出しては、アメリアに尻ぬぐいをさせるつもりかもしれないが、それでもいい、構わないと思っている。

自分とアルバートはいわば運命共同体。

魂の奥深いところでちゃんとつながりあっているのだから。

――そう信じていられたこの時期が、後から思えば一番幸せだったのかもしれない。

アルバートに辺境伯令嬢アレクサンドラとの縁談が持ち上がったのは、ミランダ・チャーマーズの件があってから、わずか半月後のことだった。

「一体どういうことですの？　アルバートさまが辺境伯家の娘と婚約するだなんて、到底納得できません」

血相を変えるアメリアに、彼女の父であるミルボーン侯爵は弱りはてた口調で言った。

「どうもこうもないんだよ。隣国との関係が思わしくないのはお前も知っているだろう？」

「それはもちろん、存じております」

強大な北の隣国とは、ここ最近ずっと緊張状態が続いている。しかし防衛の要であるメリウェザー辺境伯家は王家に臣従してから日が浅く、条件次第ではあちら側に寝返りかねない危うさをはらんでいる。ゆえに王家としては辺境伯家との絆を深める必要がある。それも隣国への牽制になるような分かりやすい形でとなれば、両家の婚姻にしくはない。

そう、そこまでは理解できる。

「ですがなにも、アルバートさまでなくても良いのではありませんか？　未婚の男性王族は第二王子のレイモンド殿下や、王弟のハロルド殿下もいらっしゃるでしょう？　よりにもよって王太子自ら辺境の娘をめとる必要があるとは思えませんわ」

「アルバート殿下でなければあちらが納得しないんだ。アレクサンドラ嬢は辺境伯の一人娘で、本来なら跡取りとして婿を取るべき身の上だ。『跡取り娘をあえて王家に差し出す以上は、相応の待遇をしてもらいたい。できないのであれば、いくら王家の命令と言えど承服しかねる』というのがあちらの言い分だ」

「なんて図々しい……」

「そう言うな。絆を深めると言えば聞こえはいいが、要はていのいい人質だからな。それならせめて王太子妃の座くらい貰わないとやっていられないということだろう」

父はそう言うと、アメリアの肩に手を置いた。

「なぁアメリア、お前の気持ちは分かるが、これは王家のためなんだ」

王家のため。

それはミルボーン侯爵家の人間にとって、何よりも優先されるべきことだった。

ミルボーン家は王家がこの国を統一する以前からの忠臣であり、一族の者は皆、そのことを何よりも誇りとしている。

――ミルボーン家に生まれた者は、すべからく王家のために生き、王家のために死ぬことを至上の誉れと心得よ。

――お前の全ては王家のもの。心も身体も魂も、全て王家に捧げなさい。

幼いころから繰り返し言い聞かされてきた言葉が脳裏に浮かび、アメリアはぐっと唇を噛みしめた。

「分かりましたわ、お父さま。王家のために必要なことですのね」

アメリアは声が震えそうになるのを懸命にこらえ、努めて平静な口調で言った。

「そうだ、分かってくれたんだな。お前の今後の身の振り方についてはこちらでよく考えておく。なにも心配することはないよ」

「はい。……それでは失礼いたします」

アメリアは父に一礼すると、自分の部屋へと引き上げた。

怒りと悲しみと屈辱で、頭がどうにかなりそうだった。幼子のように大声で喚き散らしたい、ものを投げつけ踏み荒らし、なにもかも滅茶苦茶にしてしまいたい、そんな衝動が身体の奥から突き上げてくるが、実行しても虚しさが募るばかりだろう。

父を責めてもどうにもならないことは分かっている。この件で歯噛みする思いなのは、父とて同じなのだから。

十七年前。アメリアがミルボーン家の長子としてこの世に生を受けたとき、父の喜びようは大変なものだったと聞いている。第一王子アルバートと同じ年、しかも女子。その意味するところは貴族なら誰でも理解するだろう。

父はアメリアと同じくらい、いやもしかするとアメリア以上に、彼女が王家に嫁ぐ日を、指折り数えて待っていた。今回の件でもぎりぎりまで回避のために努力してくれたに違いない。

どうしようもない。誰が悪いわけでもない。誰もがみな巻き込まれた被害者なのだ。父も、自分も、そして――

（そういえばアルバートさまは、この件をどうお考えなのかしら）

アメリアは今日会ったばかりの幼馴染の姿を思い返した。

今日アルバートはいつもと変わらずにアメリアと昼食をとり、他愛もないことを語り合い、放課後は共に生徒会室で創立祭の準備を行った。その屈託のない笑みはいつものアルバートそのもので、不自然なところはまるで見当たらなかった。

おそらく彼もあの時点では、何一つ知らされていなかったのだろう。隣国から横やりが入らぬように、婚約成立までの間、本人にすら伝えられることなく、徹底した緘口令《かんこうれい》が敷かれていたに違いない。

（今頃アルバートさまも、陛下からことの次第を説明されているんでしょうね）

アルバートはアレクサンドラとの婚約を聞いて、どんな風に感じただろう。

アメリアと結婚できなくなったことを、アメリアと同様に嘆き悲しんでくれているのだろうか。それとも王家に生まれたさだめとして、すんなりと受け入れてしまっただろうか。

まさかあっさり気持ちを切り替えて、婚約者との初顔合わせを楽しみにしているようなことは、さすがにないと思いたいが――

今日は週末なので、あと二日間は学院で顔を合わせることはない。

アメリアはアルバート本人がふらりと訪ねてくることを期待したが、結局彼が侯爵邸を訪れることはなく、アメリアは不安なままに週明けを迎えることとなった。

涙にくれた週末を終え、アメリアはいつものように侯爵家の馬車から学院内に降り立った。

血色の悪い顔を化粧で誤魔化し、毅然と胸を張って廊下を歩いていると、周囲からこれまでとは異なる好奇に満ちた眼差しを感じる。

アルバートの婚約の件が、すでにどこからか漏れ伝わっているのだろうか。

教室に入ると、取り巻きの令嬢たちがいつものように笑顔を浮かべ、口々に声をかけてきた。

「お早うございます、アメリアさま」

「アメリアさま、お早うございます」

「アメリアさま、その髪飾りとても素敵ですわね」

「アメリアさま、お聞きになりましたか、今日の地学は自習なんですって」

しかし彼女らの表情はどこかぎこちなく、教室全体に張り詰めたような緊張感が漂っている。

皆息を潜めてアメリアの出方をうかがっているようだった。

（やっぱりみんな知っているのね）

アメリアはにこやかに挨拶を返しながら、殿下の婚約について訊かれたらどう答えるべきかを、改めて脳内でシミュレートした。どう答えれば「捨てられた女」のイメージを周囲に与えることなく、アメリア・ミルボーンの権威を損なうことなく、噂好きの者たちに美味しい餌を与えることなく、事態を乗り切ることができるのか。

しかし結局は事前に考えてきたのと同じ対応——自分とアルバートはただの幼馴染であり、元からそんな関係ではなかったという説明で押し通す——よりましなものを思いつくことはできなかった。

おそらく質問者はそれで引き下がる。アメリア・ミルボーンがそう言い切れば、あえて食い下がるような者はここにはいない。

もっとも悪意に満ちた憶測は、水面下で広がっていくに違いないが。


やがて午前の授業が終了し、昼休みになった。

幸いなことにと言うべきか、それまでの間、アメリアの前であの件に触れる者はただの一人もいなかった。アメリアの取り巻きの者も、それ以外のクラスメイトも、誰もあえて口にしない。

(みんな訊きたくてたまらないでしょうに)

おそらく彼らは「最初の一人」となることで、アメリアの不興を買うことを恐れているのだ。まだ自分にはその程度の権威はあるのだなと、アメリアは他人事のように考えた。

昼食はいつもアルバートと待ち合わせて食べることになっているので、アメリアはバスケットを携えて生徒会室へと赴いた。廊下を歩いている間中、相変わらず生徒たちからの意味ありげな視線を感じたが、もはやアメリアにそれを気にする余裕はなかった。

いよいよアルバート本人との対面である。

生徒会室につくと、鍵はすでに開いていた。扉の向こうで、アルバートは今どんな表情をしているのだろうか。不安と焦燥で心臓がどくどくと脈打つのを感じる。

アメリアは深呼吸してから扉を開け――思わず気が抜けたような声を上げた。

「まあ、パーマーさまでしたの」

そこにいたのはアルバートではなく、生徒会書記のセオドア・パーマーだった。

黒い髪に黒い瞳、そして銀縁眼鏡が印象的な青年で、いずれ父の跡を継いで宰相になると言われる秀才だ。

「殿下でなくて申し訳ありません。ちょっと資料を取りに来たのです。貴方と殿下がいつもここで昼食をお取りになることは知っていますから、長居するつもりはありません」

「そうですの」

「ところで当然お聞き及びかと思いますが、アルバート殿下はメリウェザー辺境伯のご令嬢と婚約なさるそうですね」

ほっと気が緩んだところに不意打ちを食らって一瞬動揺したものの、アメリアは平静な声で「ええ、おめでたいことですわね」と言葉を返した。

「そうですね。これで王家と辺境伯家との絆が深まれば素晴らしいことですし、僕も一家臣として大変おめでたいことだと思います。……しかし、貴方は今後どうなさるおつもりですか？」

「どうなさるって、ご質問の意味が分かりませんわね。周囲からあれこれ邪推されていましたけど、私とアルバートさまはただの幼馴染ですのよ？　幼馴染の婚約が私の今後になんの関係があるんでしょうか」

「ただの幼馴染ですか」

「ええ、そうですわ」

「ではアルバート殿下の側妃になるご予定もないのですね？」

「側妃に？　そんなことは考えたこともありません」

　側妃は名目上正妃の補佐役としておかれるものだが、実際には国王の寵愛を受けながらも、正妃になるには身分の足りない女性に与えられるポジションである。男爵家か、あるいはせいぜい子爵家の娘がなるものであって、名門中の名門であるミルボーン侯爵家の長女が好んで就くような地位ではない。

　第一正妃になって当然と言われたアメリアが側妃になんてなろうものなら、捨てられた女が必死にすがっているようで、それはあまりに惨めすぎる。

「訊きたいことはそれで全部でしょうか。私は貴方のことを真面目で潔癖な方だと思っていましたけど、勘違いだったようですわね。アルバートさまの婚約の件は、周囲の人たちの本性が見られる良い機会になりそうですわ」

　アメリアが皮肉を込めて言うと、セオドアは「別に下世話な好奇心から尋ねているわけではありません」と殊勝な顔つきで弁解した。

「あら、ではどういうおつもりなんですの？」

「率直にうかがいます。殿下に嫁ぐつもりがないのなら、僕と婚約しませんか？」

「私が、貴方と？」

「はい。僕がお嫌いでなければ」

「別に嫌いではありませんが……もしかして陛下のご意向ですの？　それとも宰相閣下の独断かしら」

　アメリアはアルバートの正式な婚約者でこそなかったものの、ほぼ内定している状態であり、王妃教育も終えている。それなのに今になって放り出すことに良心の呵責を覚えた国王陛下が、侯爵家に対する詫びとして適当な縁談を用意するというのは、いかにもありそうな話である。そしてアレクサンドラ嬢の一件を主導したであろうパーマー宰相が、その責任を取る形で息子の嫁に迎えるというのも、実に自然ななりゆきであった。

　アメリアの指摘に対し、セオドアはしかし、首を横に振った。

「いいえ、陛下や父ではなく、あくまで僕自身の希望です。もっともすでに両親の了解は取り付けてありますから、貴方とミルボーン侯爵さえ同意してくだされば、速やかに成立するはずです」

「まあ、随分と手回しがよろしいですこと。貴方が私との婚約を望む理由を、一応お聞かせ願えますか？」

「そうですね。まず第一に、パーマー侯爵家とミルボーン侯爵家なら家格の点で釣り合います。

第二に、僕はいずれ父の跡を継いで宰相となるつもりですから、公私共に支えてくれる優秀で社交的な妻を必要としています。その点貴方以上の人材はいらっしゃいませんし、貴方としてもせっかくの能力を生かせるのは悪い話ではないでしょう。そして第三に」

セオドアは軽く咳払いした。

「そして第三に、僕はずっと貴方に憧れていました」

アメリアはセオドアをまじまじと見つめた。セオドアはまじまじと見つめ返した。

夜のように黒い瞳がアメリアの緑の瞳をじっと覗き込んでいる。その奥に確かな情熱を見出して、アメリアは胸がざわめくのを覚えた。

「……そんなこと、ぜんぜん気づきませんでしたわ」

「表に出さないようにしていたのです。貴方は殿下のものだと思っていましたから。しかしそうではないと分かった以上、話は別です。必ず貴方を大切にします。どうか僕とのことを真剣に考えていただけませんか」

アメリアは後になって、何度も何度も繰り返しこの場面を思い出すことになる。

思い出しては、夢想する。

もしあのとき彼の手を取っていたら一体どうなっていただろう、と。

セオドアの求婚に応じて宰相夫人となっていたら、誠実なセオドアと温かな家庭を築いていたら、アルバートとは幼馴染のまま関係を終わらせていたら、一体どうなっていただろう？

しかし夢想はしょせん夢想に過ぎない。

「私は」

アメリアが答えようとした刹那、「やあ、お邪魔だったかな?」と幼馴染の声がした。


「アルバートさま」

いつの間にやら王太子殿下がドアのところにたたずんで、不機嫌そうにアメリアたちをねめつけていた。

「お邪魔だったら、その辺で時間をつぶしてくるけど?」

「とんでもありません。僕の用事は終わりましたので、これで失礼いたします」

セオドアは慇懃に頭を下げると、生徒会室を出て行った。

アルバートはセオドアが立ち去るのを見送ってから、アメリアの方に向き直った。

「随分と盛り上がっていたようだけど、一体なんの話をしていたのかな?」

「主に私の今後の身の振り方についてですわ。アルバートさまが辺境伯令嬢と婚約なさった話から、私の方はどうするのかという話になりましたのよ」

「ああ、アレクサンドラ嬢の一件か」

アルバートは深々とため息をついた。

「あれには僕も驚いたよ。学院から帰るなり父上に呼び出されて、『この令嬢と婚約が決まったからそのつもりでいるように』って肖像画と釣り書きを押し付けられてさ。いきなりそんなこと言われても、ねぇ？」

「私も学院から帰ってすぐに父から聞かされたんですの。突然だったので驚きましたわ。……それで、アレクサンドラ嬢ってどんな方ですの？」

「絵姿を見る限りでは、なんか人形みたいな感じの子だよ。趣味はピアノと読書だって。チェスは全くできないらしい」

　不満そうに付け加えるアルバートに、アメリアは内心ほくそ笑んだ。

　アルバートは昔からこの盤上遊戯をことのほか好んでおり、アメリアも彼の相手をするために専門の教師について習っているほどである。その甲斐あって、アルバートからは「アメリアとの勝負はなかなか歯ごたえがあって面白いよ」と喜ばれている。

　アレクサンドラが今から慌てて習ったところで、玄人《くろうと》はだしのアルバートの相手を務めるのは到底不可能な話である。

「まあ、それは残念ですわね」

「ああ、本当に」

「それで……」

「ん？」

「それで、アルバートさまは彼女のことを気に入りまして？」

「まさか」

アルバートは大げさに肩をすくめて見せた。

「そんなわけがないだろう？　僕は辺境育ちの妃なんて欲しくはないよ。……アメリアと結婚したかったのに」

その悲しげな声を耳にした瞬間、アメリアのうちから歓喜のうずが沸き起こった。

まさにそれこそが、アメリアの望んだ言葉だった。

アルバートも悲しんでいる。アルバートも残念がっている。アルバートも自分と同じ被害者なのだ。図々しい辺境伯家という災厄の前になす術もない者同士。

アメリアは高揚感を押し隠して、たしなめるように「まあアルバートさまったら」と苦笑して見せた。

「そんなことをおっしゃってはいけませんわ。辺境伯家は防衛の要ですもの。王家に生まれた以上は、どんなに不愉快な相手でも受け入れなければなりません」

「そりゃあ分かっているけどね。あの子は私生活でもあまり気が合いそうにないうえ、国政を担うパートナーとしてもちょっと頼りないっていうか……。だって今まで王妃教育を受けたこともないいんだよ？」

「それはまあ、そうですわねぇ」

アレクサンドラ・メリウェザーは王妃教育どころか辺境から出たことすらない小娘だ。学院も王立学院ではなく地元の学院に通っていたと聞いている。

一方のアメリアはといえば、ミルボーン家に生まれ落ちたその瞬間から、いずれ王家に嫁ぐべく育てられてきた娘である。幼少期から両親に王妃の心得を叩き込まれ、王妃教育の教師陣からもその優秀さを認められてきた。また王立学院入学後は、生徒会副会長として会長であるアルバートを補佐する傍ら、女生徒のまとめ役としての地位も確立している。

どちらが王妃にふさわしいかは火を見るよりも明らかだ。実際二人を並べてみれば、百人中百人が、アメリアの方に軍配を上げるに違いない。それなのに――

（並べてみれば……そうだわ）

そのとき天啓のように、一つの考えがアメリアの胸にひらめいた。

――ではアルバート殿下の側妃になるご予定もないのですね？

先ほどは考える余地もないと一笑に付した選択肢が、今ではまるで違った風に感じられた。

「ねえアルバートさま、本当に私を妃にしたいと思ってらっしゃるの？」

「本当に思ってるよ？　僕はアメリアを妃にしたい。今さら言っても仕方ないかもしれないけどさ」

「いいえ、仕方なくなんかありませんわ。私がアルバートさまの側妃になればいいんですもの」

「え、アメリアが側妃に？」

「ええ。本来側妃は正妃の補佐役として置かれるものでしょう？　それを考えれば私ほどふさわしい人間は他にいないんじゃないでしょうか。私は王妃教育も終えていますから、アレクサンドラさまの至らない部分を補って、アルバートさまをお助けすることができますわ」

「それは有難いけど……いいのかい？」

「ええ。アルバートさまのためですもの」

アメリアが優しく言うと、アルバートは破顔した。

「ありがとう、アメリアはやっぱり頼りになるね」

喜びに満ちたアルバートの声音に、思わず胸が熱くなる。

金の髪と青い瞳の王太子殿下が、自分を妃にと望んでいる。ミルボーン家の人間に生まれて、これ以上の幸せがあるだろうか？


教室に戻ったアメリアは、張り詰めたような空気の中、素知らぬ顔で取り巻きの令嬢たちと言葉を交わした。今日出たばかりの課題のこと。間近に迫った創立祭のこと。そして皆をたっぷり焦らしたうえで、肝心の話を切り出した。

「そういえば、アルバートさまがメリウェザー辺境伯令嬢と婚約なさる話は、みんなもう聞いているかしら」

すると令嬢たちは一瞬虚をつかれた表情を浮かべたのち、堰を切ったように喋り出した。

「ええ、昨日お父さまから聞きましたわ。私、本当に信じられなくって」

「私もとても信じられませんでした。殿下はアメリアさまと結婚なさるんだとばかり思っていましたから」

「そうですわ。お二人は理想的なカップルで、みんなの憧れでしたのに」

「ありがとう。実をいうとね、私とアルバートさまもお互い結婚するつもりだったから、アレクサンドラ嬢のことを聞かされたときは本当に吃驚したものよ。ここだけの話だけど、アルバートさまったら、辺境出の妃なんか欲しくない、僕はアメリアと結婚したかったのにって嘆き通しで、お慰めするのが大変だったわ」

「まあ、やっぱり殿下もアメリアさまと結婚なさるおつもりだったんですのね」

「当然ですわ。だって本当にお似合いでしたもの」

「思いあうお二人が辺境伯によって引き裂かれたのですね。なんという悲劇なんでしょう」

「メリウェザー辺境伯令嬢って、ずっと領地に引きこもってて、王立学院に通ったこともない方なんでしょう？」

「王都の夜会でお見かけしたこともありませんわ」

「どうせ表に出すのが恥ずかしいような粗野な田舎娘に決まってますわ」

「私、そんな方を王妃さまとお呼びするなんて、まっぴらです」

アメリアはひとしきりアレクサンドラへの非難を堪能してから、「まあみんな、そんなことを言ってはいけないわ」ととびきり優雅に微笑んで見せた。

「政治的な事情によるものだから仕方ないわよ。それに王家のお決めになったことだもの。私たち臣下が口を出すようなことではなくってよ」

「申し訳ありません。ですが私たち本当に残念で……」

「ええもちろん、みんなの気持ちは分かっているわ。アルバートさまもどうしても私を諦めきれないみたいなの。……だから私はアルバートさまのために側妃になろうと思うのよ」

その言葉に、令嬢たちは一様にぎょっとした表情を浮かべた。

それはそうだろう。ここにいる令嬢たちは皆伯爵以上の家柄だ。自分たちより格下の令嬢がなるものとされる側妃に、自分たちのボスであるアメリアが就こうというのだから、彼女らが混乱するのも無理はない。

ここでアメリアが下手を打つと、「落ちぶれた」印象を皆に与えて、ただでさえ動揺している派閥の崩壊を招きかねない。

アメリアは慎重に言葉を紡いだ。

「侯爵家から側妃になるのはもちろん異例なことだけど、それを言ったら正妃のアレクサンドラさまだって異例でしょう？　通常なら何年も前から王妃教育を受けたうえで王家に嫁ぐものなのに、アレクサンドラさまはずっと辺境でお育ちで、今後領地から出る予定すらなかった方だもの。こちらのしきたりもなにもご存じないし、人脈だってまるでない。これでは到底正妃としての役割は果たせそうにないって、アルバートさまがとても困ってらしたのよ。だから私が側妃という形で、その代役をお務めすることになったというわけなの」

そう言って周囲を見渡すと、令嬢の一人が「まあ、それじゃ実質的な正妃はアメリアさまで、アレクサンドラさまはただのお飾り人形ということですのね！」と、まさにアメリアが意図した通りの模範解答を口にした。

「ふふふ、そんなこと思っても口に出しては駄目よ？　正妃はあくまでアレクサンドラさま。私は側妃として彼女をお支えするつもりなの。だからみんなもどうか、私に協力してくださらない？　だって正妃の恥は王家の恥だもの。アレクサンドラさまに正妃として至らないところがあったら、私たちみんなで教え導いてあげましょうよ、ね？」

アメリアが言うと、他の令嬢たちもみな得心がいったとばかりに顔を輝かせ、こぞって賛同し始めた。

「ええ、分かりました。もちろんご協力いたしますわ」

「そうですわね。私たちの王家に嫁ぐからには、私たちみんなで教育してあげなくてはいけませんわね」

「ええ、それが私たちの義務というものですわ」

「それにしても王家を思うアメリアさまの気高いお心にはつくづく感服いたしました」

「アメリアさまこそ、まさに淑女の鑑です」

令嬢たちのはしゃいだ声が心地いい。アメリアは彼女らを上手く誘導できたことに、ほうと満足の息をついた。

これでいい。

実質的な正妃であるアメリアと、お飾り人形に過ぎないアレクサンドラの構図は、取り巻きの令嬢たち、そして周囲で聞き耳を立てているクラスメイトたちの手によって、明日には学院中に広まっているに違いない。

そして一週間もすれば、王都に住まう貴族たちの共通認識になっていることだろう。

（そうよ。結局のところ重要なのは肩書ではないわ。実質よ）

その実質において国王アルバートのパートナーを務めるのがアメリアならば、名称が少し違ったところでなんの問題があるだろう。

アルバートに愛されるのはアメリア。

信頼されるのはアメリア。

廷臣たちに頼りにされるのもアメリア。

貴婦人たちをまとめ、社交界を牛耳り、宮廷内のさまざまな催しを取り仕切るのは他でもないこのアメリアなのだ。

ああなんてお気の毒なアレクサンドラ・メリウェザー！

彼女は嫁いですぐに現実を思い知らされることになるだろう。夫に愛されず、家臣たちから敬われず、同年代の貴婦人たちからは一挙一動をあげつらわれて嘲られる、そんな地獄を味わうことになるだろう。

（仕方ないわ。なにもかも貴方の父親がいけないのよ）

王弟か第二王子の妃で満足しておけばいいものを、アメリアという相手がいるアルバートを望んだりするから、相応の報いを受けるのだ。

アメリアはアレクサンドラが王都にやってくる日が、なにやら楽しみになってきた。


侯爵邸に帰ったアメリアは、さっそく父に報告した。

ミルボーン侯爵は娘が側妃になることについて最初良い顔をしなかったものの、アメリアがアレクサンドラと自分の役割分担について説明すると、納得していたようだった。

母や弟たちも、アメリアこそが真の王妃になるのだと言って、アメリアに賛同してくれた。

また翌日アルバートが語ったところによれば、国王夫妻も歓迎の意向を示したらしい。

「僕が側妃を持つことにメリウェザー辺境伯はいい顔をしないだろうけど、その辺はなんとかするってさ」

アルバートはさわやかな笑みを浮かべて言った。

セオドア・パーマーには生徒会室で会った際に、事情を説明してプロポーズは受けられない旨を伝えた。

セオドアはあの情熱が嘘のような淡々とした調子で、ただ「分かりました。どうかアレクサンドラさまを支えてあげてください」とアメリアに告げた。

「もちろんですわ。私はアレクサンドラさまの一番の親友になるつもりですのよ」

笑顔で即答するアメリアを、セオドアはどこか複雑な表情で見つめていた。

アメリアの意図した通り、「事実上の正妃アメリアと、名ばかりのお飾り人形アレクサンドラ」はほどなくして王都の社交界における共通認識となり、年上の夫人たちとのお茶会でも、アメリアが側妃になることについて好意的な言葉が送られた。中には「ミルボーン侯爵家の令嬢が側妃だなんて信じられないわ」「王太子にすがっているようでみっともないこと」などと陰口を叩く意地悪な夫人もいたが、全体から見れば少数派だった。

アレクサンドラが輿入れするまでの間、アメリアとアルバートはこれまで以上に親密になり、毎日のように今後のことを語り合った。

アルバートはアレクサンドラとは定期的に手紙のやり取りをしていたが、あくまで義務的なものであるらしく、アメリアがやり取りの内容を見せてほしいと伝えると、特に抵抗もなく承諾した。アレクサンドラは読書好きというだけあって、その文章からは教養の高さがうかがえたものの、全体としてみれば無難な内容に終始しており、アルバートが興味を持ちそうな個性はまるで感じられなかった。これではミランダ・チャーマーズほどにもアルバートの気をひくことはできないだろう。

卒業パーティではアメリアはアルバートにエスコートされて入場し、ファーストダンスを二人で踊った。それからアルバートは学院時代に付き合ったさまざまな女生徒たちと一通りダンスを楽しんでから、ラストダンスで再びアメリアの手を取った。さまざまな女性の間を渡り歩きながらも、最後にはアメリアのところに帰ってくる——アメリアにはそれがアルバートの生きざまを象徴しているように感じられた。

アルバートが他の女生徒たちと踊っている間、アメリアも何人かの男子生徒に誘われた。その中にセオドア・パーマーの姿もあった。

セオドアは正確にステップを踏みながら、親族が紹介してくれた女性と結婚する予定であることを淡々とした調子でアメリアに伝えた。アメリアは祝福の言葉を贈りながらも、奇妙な喪失感に襲われた。

そしてついに、アレクサンドラ・メリウェザーが輿入れする日がやってきた。


アルバートとアレクサンドラの初顔合わせの日、アメリアは自宅の庭園で午後のお茶を楽しんでいた。南方産紅茶の馥郁たる香りを堪能しながら、アメリアは明日アルバートから聞くことになるアレクサンドラについて思いをはせた。

きっとアルバートはアレクサンドラがいかに自分の好みにそぐわない野暮ったい娘であるかを大げさに嘆いて見せるだろう。もしかするとおどけてアレクサンドラの物まねをして見せるかもしれない。自分は笑いながら彼をたしなめ、そして――

そのとき家令が慌てたようにアルバートの訪れを告げた。

「まあ、一体どうなさいましたの？　いらっしゃるのは明日だとばかり思っていましたわ」

案内も待たずに庭園内に踏み込んできたアルバートに、アメリアはとまどいの声を上げた。

「急にごめん、どうしてもアメリアに会いたくなったんだ」

「アルバートさまったら」

アメリアは思わず顔をほころばせた。明日まで待てずに慰めてもらいに来るなんて、よほどアレクサンドラ・メリウェザーのことがお気に召さなかったに違いない。

愛おしさにたまらない気持ちになりながら、アルバートの髪に手を伸ばしかけたとき、アメリアはふと、彼の様子が思っていたのと少し違うことに気が付いた。

潤んだ瞳に、赤く染まった頬。その端整な顔に浮かぶ表情は、疲れてうんざりしているというよりも、むしろ――

ふいにぞわりと嫌な感覚がアメリアの背筋を這い上った。

「……それで、アレクサンドラさまとの顔合わせはいかがでしたの？」

聞きたくない。聞いては駄目だと思うのに、唇は勝手に言葉を紡いだ。

「うん……思っていたのとちょっと違ったよ。だから僕は、どうしていいか分からなくて」

金の髪に青い瞳の王子さまは、はにかみながら告白した。

「どうしようアメリア、こんな気持ち初めてなんだ。たぶん初恋なんだと思う」


それからほどなくして、アメリア自身もアレクサンドラと顔を合わせる機会を得た。

アレクサンドラ・メリウェザーはふわふわとしてどこか頼りなげな、砂糖菓子のような娘だった。蜂蜜色の髪とハシバミ色の瞳の持ち主で、風にも耐えぬほどに華奢な体つきをしている。

「初めまして、アメリアさま。お会いできて光栄ですわ」

アレクサンドラは鈴を振るような声音で言うと、アメリアにおっとりと微笑みかけた。

それはなんの含みも感じられない、実に無防備な笑みだった。

辺境伯領という箱庭で、あらゆる悪意から守られて、大切に大切に育てられてきたお姫さま。

実に愛らしく可憐でいたいけで――それでいて、なにか薄気味悪さを感じたのは何故だろう。

その正体がつかめぬまま、アメリアとアレクサンドラの初顔合わせは終了した。

そして二つの結婚式が盛大に執り行われ、アメリアの側妃としての結婚生活が始まった。

正妃アレクサンドラと側妃アメリアのそれぞれの役割分担は、当初アメリアが意図したものとは異なる形になっていた。

アルバートに信頼されるのはアメリア。

廷臣たちに頼りにされるのもアメリア。

しかしアルバートに愛されるのは正妃アレクサンドラだ。

もっともそれは最初のうち、表ざたにはならなかった。なにしろ王太子殿下はアレクサンドラよりもアメリアのもとに熱心に通っていたのだから。

だからアメリアには取り巻きの夫人たちに「もっとアレクサンドラさまのところにもいらっしゃるように申し上げているのだけど、なかなか聞いていただけなくって」と言ってのける余裕すらあった。そして相手から「やっぱりアルバート殿下はアメリアさまを本当に愛してらっしゃいますのね！」と称賛されて、困ったように微笑んで見せるのが定番だ。

たとえアメリアのもとを訪れたアルバートの話題が、もっぱらアレクサンドラに関する恋愛相談だとしても、たとえアメリアと床を交わす最中に、アレクサンドラの名を呼んだとしても、アメリアの胸一つに飲み込んで隠し通せばそれで済む。そして人前ではゆったりと自信ありげに振る舞って見せれば、「王太子アルバートの最愛の妃アメリア」の出来上がり。

そうしているうちに、いずれアルバートの熱も冷めるだろう。

（そうよ、今までずっとそうだったもの）

アメリアは己にそう言い聞かせた。


アレクサンドラは実家から数人の侍女を連れてきていたが、他に補佐役として王都でそれなりの身分のある令嬢が侍女につくことになった。そこでアメリアが人を介してガーランド家の末娘、グレイスをさりげなく推薦したところ、ピアノが得意なところが評価されて、見事採用の運びとなった。

アメリアの生家であるミルボーン家は、以前ガーランド家の当主が起こした横領事件を揉み消してやったことがある。弱みを握られたグレイス・ガーランドは、アメリアの手駒となってアレクサンドラの内情を逐一アメリアに報告した。

グレイスの報告によれば、アレクサンドラはお飾り人形と嘲笑されてもさして気にした風もなく、気ままにピアノを弾いたり、サロンに演奏家を呼んだりして王宮生活を楽しんでいるとのことだった。王都の慣習とは違った振る舞い方をして、貴婦人たちにあれこれ嫌味を言われても、「まあ、教えていただいてありがとうございます」と笑顔で礼を述べるので、相手の夫人は毒気を抜かれてしまうのだと言う。

（一体なにを考えているのかしらね）

意外にしたたかなのか。単に鈍感なだけなのか。

針の筵《むしろ》に耐えかねて心を病んでくれることをひそかに期待していたのだが、今のところそんな気配は微塵もない。

アメリアは新たに打つ手が見つからないまま、ただアルバートがアレクサンドラに飽きる日が来るのを待ちわびた。しかしそのときはなかなか訪れないまま、ついにアメリアが取り繕っている仮面の方が限界を迎えた。


「そういえばご存じかしら、アレクサンドラさまがサロンでピアノを弾いてらっしゃるとき、アルバート殿下がふらりと現れて、終わるまで目を閉じてずっと聴き入っておられたんですって」

「アルバート殿下はこの前、照れながらアレクサンドラさまに『サンドラって呼んでいいかな』ってお聞きになっていたらしいわよ。アレクサンドラさまが『もちろんです』とおっしゃったら、それはもう嬉しそうなご様子だったとか」

アルバートの初恋は、少しずつ、少しずつ人々の口の端にのぼるようになり、それに伴ってアメリアのお茶会に出席する婦人たちは少しずつその数を減らしていった。

アメリアから離れた夫人たちの中には、アメリアを「哀れなものね」と嘲笑する者さえいるらしい。

「子供のころから殿下とずっと一緒にいたというのに、何の意味もありませんでしたわね」

「そのせいでかえって飽きられたんじゃないかしら」

「正直言って、いい気味ですわ。昔から我こそは未来の王妃って顔をして、偉そうで鼻につきましたもの」

「まあなんにしても、正妃と王太子殿下の仲が睦まじいのは結構なことですわね。所詮側妃は側妃ですもの」

人づてにそんな陰口が伝わってくる。アメリアの取り巻きが数を減らす一方で、アレクサンドラのサロンには人が集まり始めているらしかった。

どうしようもない焦燥と屈辱の中で、それでもアルバートの訪れが絶えないことが、アメリアにとっては心のよりどころになっていた。

だからだろう。

正妃アレクサンドラに対して、あんなことを言ってしまったのは。


「――そういえばアルバートさまは、昨夜も私のところにいらっしゃいましたのよ」

それはアメリアがお気に入りの庭園を散策していたときのこと。同じように庭を愛でに訪れたアレクサンドラと偶然行き合ったのである。

相変わらず可憐なアレクサンドラと他愛もない言葉を交わし、話題がアルバートのことに及んだところで、アメリアは扇の陰で軽くあくびを漏らした。

そして「まあ、失礼しました。昨夜は少し寝不足ですの」と謝罪したうえで、前記の言葉を口にしたのだ。

それは実にありふれた挑発。

古今東西行われてきた恋のさや当てに過ぎなかった。

そのときアレクサンドラが己の立ち位置にふさわしく、ほんの少しでも嫉妬を見せてくれたなら、アメリアはあそこまで彼女を憎まずに済んだだろう。

いやせめて、「それでもアルバートさまが愛しておられるのは私ですわ」と勝ち誇って見せたなら、アメリアもあそこまでのことはやらなかったに違いない。

しかしアレクサンドラはいつもと変わらぬ様子で、ただおっとりと微笑んだ。

「まあ、そうでしたの。私は閨《ねや》でのことがあまり得意ではないから、アメリアさまに引き受けていただけるのなら嬉しいですわ」

そこにあるのはただ面倒なことを引き受けてくれた相手に対する、純粋な感謝の念だった。

(この女は)

そしてアメリアはアレクサンドラに感じた薄気味悪さの正体を、そのとき初めて理解した。

おそらくアレクサンドラは、アルバートのこともアメリアのことも、心の底からどうでもいいのだ。

アルバートの恋心も、アメリアの嫉妬も、彼女にとっては等しくなんの価値もない。

周囲の人間全てになんの関心も抱いていない。

このうえなく可憐で従順で、それでいて誰よりも傲慢で残酷な女。

アメリアは自分がここまで誰かを憎めるなんて知らなかった。


庭園での出来事は、わずか数日のうちにたっぷりと脚色を施されて社交界中に広まった。いわく、アメリアが敵意むき出しでアレクサンドラに喧嘩を売り、対するアレクサンドラはまるで相手にもしなかったと。

「さすが正妃の余裕ですわねぇ」

「というより、愛されている者の余裕ですわよ」

「それにしてもアメリアさまときたら、側妃の立場もわきまえないで」

「アルバート殿下もそろそろアメリアさまに愛想が尽きるんじゃないかしら」

漏れ聞こえる人々の嘲笑。

アメリアのお茶会に出席する者はますますその数を減らし、残った者たちもあれこれ言い訳しながらアレクサンドラのサロンにも顔を出すようになっていた。

グレイスから定期的にもたらされる報告は、アルバートがアレクサンドラのために高名な演奏家を呼んだとか、瞳の色に合わせたブローチを贈ったとか、聞くだにおぞましいものばかり。

最近は廷臣たちのアメリアに対する態度も若干変わってきたようだ。

奪われていく。

かすめ取られていく。

アメリアをアメリアたらしめていた大切なものがなにもかも。

地獄のような毎日は、アレクサンドラの懐妊によってクライマックスに達し、出産によって唐突に終わりを迎えた。

産褥熱によるアレクサンドラの死と赤毛の王子の誕生。

その死について一部にはアメリアの関与を勘ぐる声もあったようだが、あれは正真正銘の自然死だ。アレクサンドラの細い身体が出産の過酷さに耐えきれなかったに過ぎない。

母の死と引き換えに生まれた第一王子クリフォード。

そのあまりに鮮やかな赤毛から、彼は生まれた当初から困惑の種となっており、アルバート自身もこの赤ん坊に対する接し方を決めかねているようだった。

もっともアメリアがグレイスに直接確認したところによれば、アレクサンドラに不貞の事実はなく、紛れもないアルバートの息子だとのこと。実際のところ、あのアレクサンドラが義務もなく他の男を受け入れるなんて面倒なことをわざわざするはずもないだろう。

すなわち理性的に考えればクリフォードは間違いなく王家の血を引いており、鮮やかな赤毛は辺境伯が主張する通りに単なる先祖返りなのだろう。

しかしアメリアはどうしても、「それ」が王の血に連なるものとは思えなかった。

辺境の地にはいまだに土着の精霊を敬う風習が深く根付いているという。その認識ゆえか、アメリアにはあの赤毛の子供が、メリウェザーの異形の力によって女の胎《はら》に入り込んだ怪物であるように思われてならなかったのである。

ミルボーン家に生まれた者にとって、王家をたばかるというのは神への冒涜《ぼうとく》にも等しい。

しかしあんなモノを王家に入れることこそが、なによりの冒涜ではないのか。

アメリアはそう自問した。

最後にアメリアの背中を押したのは、いつもアメリアの身体を診ていた侍医の言葉だった。

そしてアメリアは覚悟を決めて、グレイス・ガーランドを呼び出した。

「どうしようアメリア、とても信じられないよ、僕のサンドラが、そんな……っ」

しがみついて泣きじゃくるアルバートを、アメリアは優しく抱擁した。

「ええ、私もとても信じられませんわ。アレクサンドラさまが護衛騎士と……だなんて。だけどあの髪の色を見てしまっては、どうしても……」

「言わないでくれアメリア、頼むから、言わないで……」

「アルバートさま。大丈夫ですわ。私がおります。貴方をけして一人にしません。大丈夫です」

「ああアメリア、アメリア」

慟哭する背中を撫でながら、アメリアは恍惚に打ち震えていた。

アメリアの胸に顔をうずめるアルバートのなんと可愛らしいことか。

（やっと帰って来てくれた）

今回はいつもより少しだけ長引いたけど、ちゃんと帰って来てくれた。

分かっていた。アルバートは最後には必ず自分のもとに帰ってくると。

分かっていたから今までずっと待っていた。

アルバートの慟哭がようやく収まりかけたころ、アメリアは特別な秘密を打ち明けるように囁いた。

「アルバートさま、私から大切なご報告がありますの。実は私のお腹に、アルバートさまのお子が宿っております」

アメリアの言葉に、アルバートはゆるゆると面を上げた。そして涙にぬれた顔のまま、「……本当か？」と問いかけた。

「はい、先ほど侍医に確認したら間違いないそうです。きっとアルバートさまそっくりの金髪で青い瞳の子供が生まれますわ」

「アメリア……」

呆けたようなアルバートに対し、アメリアは優しく微笑みかけた。

「だから大丈夫ですわ、アルバートさま、なにも心配いりません。私たち、ちゃんと幸せになれますわ」

それは不思議な感覚だった。

自分の胎内に、王家の血を引く尊い命が宿っている。

月が満ちて生まれるのはきっと男の子だ。

金の巻き毛と青い瞳の男の子。

あの醜い赤毛とは比ぶべくもないほどに、美しく優秀な子になるだろう。

「アルバートさま。私たち幸せになれますわ」

アメリアは愛しい男を抱きながら、うっとりとそう繰り返した。

番外編

カイン・メリウェザーの弱点

跳ね飛ばされた剣が宙を舞い、闘技場の地面に突き刺さる。一瞬遅れて審判が高らかにカイン・メリウェザーの勝利を告げると、会場内はわっと歓声に包まれた。あっさり剣を跳ね飛ばされたレオナルド・シンクレアはしりもちをついたまま呆然としている。

新しく来た剣の指導役の提唱で、今年初めて開かれた学年混合の剣術大会。その栄えある初代優勝者に輝くのは誰かについて、下馬評は最終学年で一番の腕前と言われるカイン・メリウェザーと、騎士団長の息子で将来の騎士団入りが確実視されているレオナルド・シンクレアの間で真っ二つに分かれていたが、今ここであっさりと決着がついた形である。開始五分、カイン・メリウェザーの圧勝だ。

「凄いわねぇ、メリウェザーさまって」

「あら、マーガレットのお兄さまも七位なんて凄いじゃない」

「まあ兄にしては頑張った方だと思うわ。きっと今夜はご馳走ね」

ビアトリスは隣の友人たちと囁きかわしながら、表彰台に目をやった。カインは特に高揚した様子もなく、いつもの通り悠然とした笑みを浮かべて、主催者である剣の指導役と何やら言葉を交わしている。カインにとってはこんなこと、日常茶飯事なのだろう。

むしろ指導役の方がよほど興奮しているようで、身振り手振りを交えつつ、先ほどの剣技を賞賛しているようだった。

(そういえば、カインさまに弱点ってあるのかしら)

勉学はもとより、乗馬にダンス、ピアノにチェス、そして剣。ありとあらゆる分野でずば抜けた才を発揮するカイン・メリウェザーに、果たして苦手なものは存在するのか。

ふと浮かんだ素朴な疑問は、その後に行われた抜き打ちテストに取り紛れ、解かれることなく放置された。ところがそれから半月後。ビアトリスは意外な形でその答えを知ることになる。

半月後。聖リリアの日を翌日に控え、ビアトリスは友人たちとお菓子作りに取り組んでいた。

未婚女性の守護聖女と謳われる聖リリアには、神聖騎士団の者たちに手作りの菓子を振る舞ったという逸話があり、それにちなんで聖リリアの日には女性が大切な男性に手作り菓子を贈るのが慣例となっている。

もっともビアトリスのような貴族の令嬢が自ら菓子を作ることは滅多になく、自宅の料理人に作らせたものを手渡す方が一般的だ。ビアトリスも去年までは、ウォルトン家の料理人に作らせたものを父や兄、そして婚約者だったアーネストに贈っていた。

ところが三人の間で今年の聖リリアの日が話題になったとき、マーガレットはこともなげに「あら、私は毎年作ってるわよ」と言い放ったのである。

「まあ、本当？　でもかなり難しいんじゃないの？」と驚くビアトリスに対し、マーガレットは「そうでもないわよ。慣れると結構簡単よ」と微笑んで、「良かったら、ビアトリスも一緒に作らない？」と誘ってきたものだから、ビアトリスは当然のごとく二つ返事でうなずいた。ちなみに毎年誘いを断っていたシャーロットも、今年は参加すると言う。「だってヘンリーさまが喜ぶかもしれないし」というのがその理由である。

かくしてフェラーズ邸の厨房を借りて、三人そろってお菓子作りと相成った。

作っているのはブランデー入りのチョコレートケーキだ。マーガレットいわく今まで何度も作ったことがあり、手順が分かっているため失敗しづらいとのこと。

三人それぞれ持参のエプロンを身につけて取りかかったはいいものの、菓子作りは想像以上の体力仕事で、作っている間中、厨房には「ねえマーガレット、これ一体いつまでかき混ぜればいいの？」「マーガレットの嘘つき、全然簡単じゃないじゃない」などとちょいちょい初心者二人の泣き言が響いた。

もっともだからこそ、出来上がったときの達成感は格別だったと言っていい。

サロンに場所を移して、侍女に淹れてもらった紅茶と共に試食すると、甘さとほろ苦さが口腔内で絶妙なハーモニーを奏で、ふわりと香るブランデーと相まって、少女たちに至福のときをもたらした。

「美味しいわ。本当に美味しいわ」

「気のせいかしら、お店で売っているものより美味しいような気がするわ」

「私もそう思ったわ！　私たち、お菓子作りの才能があるのかもしれないわね」

ビアトリスとシャーロットが顔を見合わせてはしゃいでいると、マーガレットが「そりゃあ美味しいわよ。だって使ってる材料が市販のものより数段上等なんだもの。特にブランデーなんてマニア垂涎《すいぜん》の幻の酒だし」という身も蓋もない解説をしてくれた。

言われてみれば、その通りだ。

ちなみにブランデーは「このケーキの良しあしはブランデーの質が重要なのよ」と聞かされたビアトリスが、はりきって持参したものである。

父は当初「お友達とのお菓子作りに使いたいんです」と言ってウォルトン家秘蔵の銘酒を持ち出そうとする娘に複雑な表情を浮かべていたが、「カインさまに美味しいケーキを召し上がっていただきたくて」と言うと一応納得してくれた。出来上がったケーキは感謝を込めて父にも渡す予定である。

「これならきっとカインさまも喜んでくださるわね」

初めて作ったチョコレートケーキを堪能しながら、ビアトリスは幸せな明日に思いをはせた。


翌日の昼休み。カインとあずまやで落ち合ったビアトリスは、さっそくチョコレートケーキを差し出した。

「どうぞ。聖リリアの日のケーキですわ」

「ありがとう、美味そうだな」

笑顔で受け取るカインに対し、ビアトリスは心持ち胸を張って「私が作りましたの」と付け加えた。

「え、君が？」

「ええ、マーガレットに教えてもらいながら、ですけど」

「そうか、すごいな。君が作ってくれたのか」

カインは目を輝かせてケーキを持ち上げ――一瞬ふっと真顔になった。

「どうかなさいましたか？」

「いや……ブランデーが入っているんだな」

「ええ、結構入れてしまいましたけど、もしかして、苦手でしたか？」

「いや、そんなことはない。本当にありがとうビアトリス。さっそくいただかせてもらうよ」

カインはそう言って、ケーキをぱくりと口にした。

「……いかがですか？」

「美味いよ」

「本当ですか？」

「ああ、凄く美味い」

そう言って目を細めるカインに、ビアトリスもつられて笑ってしまう。

「ふふ、自分でも初めての割には上手くできたと思っていますの」

「初めてなのか……！　君が初めて作ったケーキを食べられるなんて感激だな」

「喜んでいただけて嬉しいです」

「本当に美味いよ。……俺はこの日のために生まれてきたと言ってもいいかもしれない」

「それはさすがに喜びすぎでは？」

「ビアトリス、君は知らないだろうが、俺はクリフォード時代に、君を見かけたことがあるんだ」

「そうだったんですか」

「一目ぼれだった」

「そ、そうだったんですか」

「君は月の妖精のように可憐だった」

「カインさま、褒めすぎです」

「自分の中で理想化しているだけかもしれないと思っていたが、学院で再会して親しくなったら、君は想像した以上に可愛くて、魅力的で」

「あの、それ以上はもう……か、カインさま？」

　たくましい腕にいきなり強く抱きしめられて、ビアトリスは一瞬頭が真っ白になった。続いてかぁっと顔が火照るのを感じる。

「愛してる、ビアトリス」

　耳朶《じだ》をくすぐる甘い声。頭がぼうっとなりかけて、次の瞬間はっと我に返った。ここは学院の裏庭だ。

「あの、カインさま、喜んでいただけたのは嬉しいのですが、そろそろ離していただけませんか」

「離れたくない」

「でも、とりあえず離していただかないと」

「君は俺に触れられるのが嫌なのか？」

「嫌じゃありません！　嫌じゃありませんけど……その、校内ですから、いつ人が通りかかるかも分かりませんし」

ビアトリスがもぞもぞと身体を離そうとするも、カインはますますきつく抱きしめてくる。そこでようやくビアトリスは、なにか異常なことが起こっているのに気が付いた。

カインはいつも紳士的で、ビアトリスに対してきちんと節度を保っている。校内でいきなりこんな所業に及ぶなど、あまりにも彼らしくない振る舞いだ。まあ、たまには多少強引なのも——などと浮ついている場合ではない。これは明らかに異常事態だ。

「カインさま、どうかなさったんですか？　しっかりしてください……カインさま？　カインさま？」

すうすうと寝息のようなものが聞こえて、ビアトリスは愕然とした。

（もしかして、眠ってる……？）

なぜこの状況で眠れるのか。彼の身の上に、一体何が起きているのか。

混乱の極みにあるビアトリスの耳に、甲高い声が響いてきた。

「ウォルトンさん、メリウェザー先輩、一体なにをやっているんですか！」

視線を上げると、ストロベリーブロンドの少女が仁王立ちでこちらを見下ろしていた。隣には眼鏡をかけた青年の姿も見える。前者は顔を引きつらせており、後者はどこか面白がっているような楽しげな笑みを浮かべている。

「アドラーさんにパーマーさま……」

「仲が良いのは結構ですが、校内で破廉恥な真似は慎んでください！　いくら大恩あるウォルトンさんといえど、生徒会長として見逃すわけにはいきません」

どうやら「校内でいちゃつく馬鹿っぷる」だと認識されているようである。

「いえこれは、違うんです」

「なにが違うんですか？」

「カインさまはちょっと気分が悪いみたいなので、こうして支えているんです」

実際のところ、今のカインはぐったりとして、ビアトリスにもたれかかっている状態だ。

「気分が？　……そういえば、先輩の顔がちょっと赤いようですね。メリウェザー先輩はご病気ですか？」

「分かりません。さっきまで普通だったんですけど、急にこうなってしまって。私も何が何だか……」

二人で顔を見合わせていると、シリル・パーマーが「ちょっと失礼」と言って、横からカインの顔を覗き込んだ。そして何やらうなずいてから、ビアトリスの方に向き直った。

「ビアトリス嬢、もしかしてこの方にお酒を飲ませましたか？」

「飲ませたわけではありませんが、ブランデーの入ったケーキを……」

「ああ、それですね。この方は無茶苦茶お酒に弱いですから」

「そうなのですか？」

「そうなのですよ。子供のころ二人でこっそり葡萄酒を飲んだことがあるんですけど、クリフォードさまは一口飲んでぶっ倒れてましたからねぇ。あの後目が覚めたクリフォードさまに、『命が惜しければ他言するな』って命令されたんですけど、もう時効ですから構いませんよね」

シリル・パーマーは小声で言いながら、それはもう楽しげなにやにや笑いを浮かべている。二人は幼馴染と聞いているが、一体どんな関係だったのだろうか。

「カインさまは大丈夫でしょうか」

「この様子なら大丈夫ですよ。まあ念のため医務室に運んだ方がいいかもしれませんが」

「医務室に……そうですね！」

しかし一体どうやって運べばいいのか。校医を呼んで来ようにも、カインにしがみつかれているため身動きできない状態だ。

ビアトリスが途方に暮れていると、マリアが軽く咳払いした。

「ウォルトンさん、どうやら私の早とちりだったみたいですね。謝罪します」

「いえ」

「お詫びと言ってはなんですが、メリウェザー先輩はこちらで医務室までお運びします」

「本当ですか？　助かります」

「いいえ、大したことじゃありません」

マリアはしかつめらしく言うと、シリルの方に向き直った。

「そういうわけだから、シリル、医務室まで運んでちょうだい」

「え、僕がですか？」

「他に誰がいるの？　貴方、一応男でしょ。これは会長命令よ」

マリアがぴしりと言うと、シリルはいかにも不満そうな顔をしながらも、カインの背後に回って手をかけた。そして「全く人使いが荒いんだから」とぼやきながらも、カインをビアトリスから引きはがし、背負うように担ぎ上げた。軟弱そうに見えてもさすがは男子生徒と言ったところか。

しかし一歩を踏み出した途端、シリルは大きくよろめいて転倒しそうになってしまう。

「あの、大丈夫ですか？」

「大丈夫なように見えますか？」

「大丈夫です。ほらシリル、ちゃっちゃと歩きなさいよ、ちゃっちゃと」

自分より一回り体格の良いカインを背負い、よろよろと医務室に向かうシリルのあとを、ビアトリスとマリアがはらはらしながらついていく。シリルは何度か転びそうになりつつも、なんとかカインを取り落とすことなく医務室のベッドまで運び届けることに成功した。もっともベッドにおろした後は、疲労困憊《こんぱい》でへたり込んでしまったが。

校医は白髪頭の人の好さそうな老人で、「普通に酩酊しているだけだから、少し休ませれば大丈夫だよ」と太鼓判を押してくれた。

（良かった……）

ベッドに横たわるカインを前に、ビアトリスはほっと息をついた。一時はどうなることかと思ったが、目が覚めるころにはきっといつものカイン・メリウェザーに戻っていることだろう。

「それじゃ、私たちはこれで」

マリアがそう言って医務室の扉に手をかけた。

「はい、ありがとうございました」

「いいえ、大したことはしてません。ほら、行くわよシリル」

マリアはそのまま出て行きかけたが、ふと立ち止まってビアトリスの方に振り向いた。

「……ところでウォルトンさん、どこかでレオナルドを見かけませんでした？」

「シンクレアさまを？　いいえ、見かけた覚えはありませんが」

「そうですか……」

「生徒会のご用事ですか？」

「ええまあ、そんなようなものです」

妙に歯切れが悪いマリアに、シリルが横からしたり顔で解説した。

「マリアは聖リリアの日の手作りクッキーを渡すために、レオナルドを探してるんですよ」

「まあ手作りクッキーを、そうなんですか」

ビアトリスが驚きの声を上げると、マリアは真っ赤になって弁解してきた。

「いえ別に、違いますからね？　レオナルドが剣術大会以来落ち込んでて、このままじゃ業務に支障をきたすので、会長として役員を励ますために作ったんです。あくまで慰労のためのクッキーなんです」

「分かりました、慰労なんですね」

「そうです。慰労です！　それ以上の意味はないんで、誤解しないでくださいね」

そしてマリアはシリルを引きずるようにしながら、二人して医務室を出て行った。

「ちょっとシリル、余計なこと言わないでよ」

「いやだなぁ、僕は客観的な事実を摘示したまでですよ」

「その摘示の仕方が恣意的なのよ」

遠ざかる二人のやり取りを聞きながら、ビアトリスは微笑ましい気持ちになった。贈る名目が何であれ、レオナルドはマリアの手作りクッキーに大喜びするに違いない。

（大喜びと言えば、カインさまも凄かったわね……）

今日のやり取りを思い出して、改めて顔から火が出る思いである。

むろんあれは酔っているがゆえの戯言であって、全て真に受けるべきではないことは分かっている。分かっているが、しかし――

居たたまれない気持ちでふと傍らを見やれば、カインは相変わらず気持ちよさそうに熟睡している。

（もう、カインさまったら人の気も知らないで）

ビアトリスはため息をつくと、カインの目元にかかる前髪を指先でそっと払いのけた。


翌朝。すっかり元に戻ったカインは、会うなり深々と頭を下げた。

「昨日は迷惑をかけて本当にすまなかった」

「いえ私こそ、事前に確認すれば良かったのに、ブランデー入りのケーキを贈ってしまって申し訳ありませんでした」

ビアトリスも深々と頭を下げてから、「でも昨日は本当に心配したんですよ。パーマーさまにお聞きしましたけど、そんなにお酒が苦手なら、ちゃんとおっしゃっていただきたかったです」と言葉を続けた。

「すまない。あれは子供のころのことだし、少しくらいなら大丈夫かと思ってたんだ」

悄然とするカインを前に、ビアトリスは思わず苦笑した。

カインがブランデー入りと分かったうえであえてケーキを口にしたのは、ビアトリスをがっかりさせないためだろう。まあ軽率なのは否めないし、二度とやってほしくはないけれど、そんなところも含めて可愛らしいと思ってしまう。

（昨日私のことを可愛くて魅力的でとおっしゃっていたけど、それはこちらの科白だわ）

ビアトリスはいたずらっぽい笑みを浮かべて、カインに向かって問いかけた。

「ところでカインさま、昨日酔っていたときにおっしゃったこと、覚えてらっしゃいますか？」

「昨日？　……なにか変なことを言ったのか？」

「いいえ、覚えてらっしゃらないならいいんです。大したことではありません」

「教えてくれ。気になるだろう」

「色んなことをおっしゃってました」

「例えばどんなことを？」

「秘密です。あ、もうすぐ予鈴が鳴るので、私はこれで！」

「ビアトリス！」

カインと別れたあとも、ビアトリスはなんだか頬が緩んで仕方がなかった。カインと初めて迎えた聖リリアの日はとんでもないことになってしまったが、これはこれで良い思い出になったような気がしないでもない。

（今度はお酒抜きのケーキを作ったら、カインさまは喜んでくださるかしら）

足早に教室へ向かいながら、ビアトリスはそんなことを考えていた。

本書に対するご意見、ご感想をお寄せください。

あて先

〒162-8540 東京都新宿区東五軒町3-28
双葉社　Mノベルスf編集部
「雨野六月先生」係／「雲屋ゆきお先生」係
もしくは monster@futabasha.co.jp まで

ノベルス

関係改善《かんけいかいぜん》をあきらめて距離《きょり》をおいたら、塩対応《しおたいおう》だった婚約者《こんやくしゃ》が絡《から》んでくるようになりました②

2021年11月16日　第1刷発行

著　者　雨野六月《うのむつき》

発行者　島野浩二

発行所　株式会社双葉社

〒162-8540　東京都新宿区東五軒町3番28号

［電話］03-5261-4818（営業）　03-5261-4851（編集）

http://www.futabasha.co.jp/（双葉社の書籍・コミック・ムックが買えます）

印刷・製本所　三晃印刷株式会社

［電話］03-5261-4822（製作部）

ISBN 978-4-575-24461-8 C0093　